Julia Breitenöder

Muschelherz und Sommerwind

cbj

Foto: © Julia Breitenöder

DIE AUTORIN

Julia Breitenöder, geboren 1972 in Bonn, lebt mit ihrer Familie in Frankfurt am Main. Nach dem Studium der Sonderpädagogik, einem Au-pair-Jahr in Kairo und Um-die-Welt-Fliegen als Flugbegleiterin, ist sie heute da angekommen, wo sie schon immer hin wollte: beim Geschichtenschreiben.

Julia Breitenöder

Muschelherz und Sommerwind

cbj

cbj

Kinder- und Jugendbuchverlag
in der Verlagsgruppe Random House

FSC
www.fsc.org
MIX
Papier aus verantwortungsvollen Quellen
FSC® C014496

Verlagsgruppe Random House FSC® N001967
Das für dieses Buch verwendete
FSC®-zertifizierte Papier *Pamo House*
liefert Arctic Paper Mochenwangen GmbH.

1. Auflage 2015
Erstmals als cbj Taschenbuch August 2015

Umschlaggestaltung: Carolin Liepins
unter Verwendung eines Motivs von
© Shutterstock (Ponomarenko Nataly)
Lektorat: Julia Kniep
cl · Herstellung: ReD
Satz: KompetenzCenter, Mönchengladbach
Druck: GGP Media GmbH, Pößneck
ISBN 978-3-570-22548-6
Printed in Germany

www.cbj-verlag.de

1

»Willkommen am Ende der Welt!«

Ende der Welt? Hatte ich die Ankunft verschlafen? Ich riss die Augen auf und schaltete den MP3-Player aus. Wo war der Hof? Ich sah nur Straße und ein Schild, um das meine Eltern kichernd herumsprangen. Einöde.

»Warum halten wir hier?«

Meine kleine Schwester Mina machte eine eindeutige Handbewegung vorm Gesicht. »Die spinnen. Jetzt fotografieren sie schon Ortsschilder. Das wird bestimmt ein lustiger Urlaub!«

Ich rieb mir die Augen und stieg ebenfalls aus. Was war an diesem Schild so interessant? Jetzt sah ich, dass wir nicht völlig im Nirgendwo waren, hinter uns standen sehr wohl ein paar Häuser.

Meine Eltern waren voll und ganz mit Fotografieren beschäftigt.

»Willst du auch ein Bild, Ann?«

Als Mama zur Seite trat, erkannte ich den Grund für ihre Heiterkeit. Wir waren tatsächlich am Ende der Welt, das Schild bewies es. Der kleine Ort, der hinter uns lag, musste den klangvollen Namen »Welt« tragen, und hier wurde sein Ende angezeigt. Ich zückte mein Handy. Eine Nachricht von Mara! Sie hatte mir ein Foto von sich vor der Skyline Manhattans geschickt, dazu den Text: *Morgensonne auf dem Empire State Building. Und selbst?*

Wie passend. Ich aktivierte die Kamera und drückte Mama das Telefon in die Hand. Was für ein Gesicht machte man am Ende der Welt? Trübsinn oder strahlendes Lächeln? Ich entschied mich für eine Schnute, obwohl Mama mir mit »Ameisenscheeeeiiiißeeee!« ein Grinsen entlocken wollte.

Ich nahm ihr das Telefon wieder ab, tippte *Ich? Am Ende der Welt. Wo sonst?* und schickte das Foto über den großen Teich.

»Ein bisschen mehr Begeisterung könntest du schon zeigen«, sagte Papa und gab mir einen Knuff. »Schließlich haben wir uns nur für dich auf diese Reise gemacht. Du wolltest unbedingt her.«

Echt? »Aber mit Mara. Und ich wollte nicht mit euch zum Wandern. Wenn ich gewusst hätte, dass ihr auch ans Meer fahrt, wäre ich vielleicht mitgekommen«, maulte ich.

»Einsteigen!« Papa hielt mir die Tür auf.

Mama drehte sich zu mir um. »Ich weiß gar nicht, warum du jetzt so motzig bist. Du wolltest elternlosen Urlaub, jetzt bekommst du elternlosen Urlaub. Und wir fahren ans Meer. Oder hast du erwartet, dass wir dich von Frankfurt an die Nordsee kutschieren, dann nach Österreich fahren, und nach einer Woche das Ganze wieder zurück? Wo bleibt da unsere Erholung?« Sie ließ den Sicherheitsgurt einrasten. »Und wandern kann man schließlich auch in Dänemark.«

Mina ließ unterdrückte Würgegeräusche hören und verdrehte die Augen. »Vielleicht bleibe ich bei dir auf dem Bauernhof.«

Urlaub mit kleiner Schwester? Vielleicht war das besser als ganz allein?

»Nix da. Du darfst noch ein paar Jahre mit uns Ferien machen«, erklärte Papa.

Mina schnitt eine Grimasse und quengelte los: »Ist es noch weit? Wie lange noch?«

Ich wollte gar nicht genau wissen, wann meine Familie mich auf einem Bauernhof am Ende der Welt aussetzen würde und schob mir schnell wieder den Kopfhörer auf die Ohren. Das Handy vibrierte. *LOL! Du am Ende der Welt, ich mittendrin im Leben.* Bild von Mara an einer Straße mit vielen Geschäften und noch mehr gelben Taxis. Hmpf. Wie sollte ich das toppen?

Ringsum plattes Land, Windräder und Schafe. Aber da! Ich hielt das Telefon an die Scheibe und versuchte, das Schaf abzulichten, das ganz allein auf einem kleinen Hügel stand und in die Ferne starrte. Das Ergebnis war annehmbar. *Halte Ausschau nach neuen Abenteuern!*, schrieb ich und drückte auf »Senden«. Der Warten-Kreis im Display drehte und drehte sich. Ich wartete auf das übliche »Pling!«. Vergebens. Kein Netz? Ich hielt das Handy hoch, nach links, nach rechts, ließ das Fenster runter und versuchte es draußen. Nichts. Mein Telefon erklärte mir, dass es die Nachricht im Moment nicht senden konnte.

»Menno! Hier ist wirklich das Ende der Welt«, jammerte ich. »Totales Funkloch!«

Papa deutete grinsend auf das Navi vorne an der Scheibe. Es zeigte ein kleines Auto mitten im Grünen, weit abseits jeder Straße. Ich zog die Hörer von den Ohren und sah aus dem Fenster. Eine Straße war das wirklich nicht mehr, eher ein befestigter Feldweg. Jetzt fiel mir auch auf, dass Mama eine Straßenkarte auf den Knien hatte.

»Wir durchfahren absolutes Neuland. Kein menschliches Wesen hat je seinen Fuß hierhin gesetzt«, verkündete Papa mit dumpfer Stimme.

»Dafür aber Schafe«, sagte Mina und deutete auf einen wollig weißen Fleck weiter vorne auf dem Weg.

Papa ging vom Gas und kam direkt vor dem Schaf zum Stehen, das sich keinen Millimeter bewegte und uns anstarrte.

»Ist das echt?«

»Ann, bist du blöd? Natürlich ist das echt! Und so süß!« Schon war Mina aus dem Wagen gesprungen und zum Schaf geeilt. Auch die plötzliche Kuschelattacke brachte es nicht aus der Ruhe. Es machte »Bööööh!«, schüttelte den Kopf, wie um eine lästige Fliege loszuwerden, und ließ das Streicheln über sich ergehen.

»Das fühlt sich komisch an! Ganz fettig!«, rief Mina und drückte das Gesicht in die nicht sehr sauber aussehende Wolle. Brrrr!

Papa hupte. Das Schaf wackelte mit dem rechten Ohr.

»Schieb es weg!«, rief Papa Mina zu.

Die stemmte sich mit vollem Körpereinsatz gegen das Schaf, aber ihr neuer Freund bewegte sich nicht. Sie versuchte es mit Ziehen. Das Schaf wackelte mit dem linken Ohr. Ich kicherte.

»Fahr doch vorsichtig dran vorbei«, sagte Mama.

Papa deutete auf die wassergefüllten Gräben links und rechts neben der schmalen Straße und schüttelte den Kopf. Er hupte wieder, länger diesmal.

Mina hielt sich die Ohren zu, das Schaf blökte.

Jetzt stiegen auch Mama und Papa aus. Papa versuchte sich ebenfalls im Schafschieben, mit genauso wenig Erfolg wie Mina. Mama wedelte mit einem Käsebrot vor der Nase der vierbeinigen Straßensperre herum.

Ich schoss lachend ein Foto nach dem anderen von meiner mit dem Schaf kämpfenden Familie.

»Dann müssen wir eben umkehren«, sagte Papa.

»Aber das ist ein fürchterlicher Umweg!«, rief Mama. »Wir sind doch fast da! Hier muss irgendwo die Zufahrt sein.«

Hier irgendwo? Ich sah mich um. Hier war nichts! Gar nichts. Nichts außer ein paar windschiefen Bäumen und dem Schaf mitten auf der Straße. Weit hinten erkannte ich den grünen Deich.

»Das ist ein Zeichen!«, rief ich aus dem Fenster. »Es bedeutet, dass wir umkehren und alle zusammen nach Dänemark fahren sollen!«

Mama sah aus, als würde sie mir am liebsten an die Gurgel springen. Papa sagte nur: »Quatsch!«

Lautes Hupen verhinderte jede weitere Diskussion. »Können Sie Ihr Familienpicknick vielleicht woanders abhalten?«, rief ein Mann.

»Entschuldigung, das Schaf blockiert die Straße!«, antwortete Mama.

»Das ist Willibald!« Ein Mädchen sprang aus dem Auto hinter uns und lief zu dem Schaf. »Was tust du denn hier, du Döspaddel? Bist du das Begrüßungskomitee?« Sie wuschelte mit beiden Händen durch die Kopfwolle und klatschte in die Hände. »Husch! Lauf heim!«

Und tatsächlich drehte das Schaf sich ganz gemächlich um, wackelte mit dem Schwanz und trottete davon. Das Mädchen rannte zurück zum Auto und auch meine Familie stieg wieder ein.

Mina schnupperte an ihren Händen. »Das riecht gut, richtig schafig!« Der Duft waberte durchs ganze Auto, ich hielt mir die Nase zu. Das konnte ja heiter werden.

Papa fuhr im Schritttempo hinter dem Schaf her, das in der Mitte der Straße wanderte. Dann bog es rechts ab.

»Na endlich!« Papa wollte gerade Gas geben, als Mama ihn am Ärmel packte.

»Stopp! Wir müssen auch da rein!«

Tatsächlich! An einem Baum neben dem schmalen Weg, auf den das Schaf eingeschwenkt war, hing ein Schild:

Karolinenhof.

»Hihi, das ist ein Wegweiseschaf!«, kicherte Mina.

Papa zockelte weiter hinter dem Schaf her, das andere Auto mit dem Mädchen schlich hinter uns. Ich drehte mich um. Der Fahrer sah aus, als würde er am liebsten ins Lenkrad beißen und auf der Rückbank schienen zwei Personen zu sitzen. Auch ein jüngeres Geschwisterkind, oder musste die Glückliche nicht allein anreisen? Sie schien sich hier ja schon auszukennen.

Das Schaf trottete um eine Kurve und verfiel in einen holprigen Galopp.

Mit einem Seufzer erhöhte auch Papa die Geschwindigkeit.

»Fahr bloß nicht zu dicht auf!« Mama ließ das Schaf nicht aus den Augen. »Vielleicht bleibt es gleich wieder stehen.«

Aber das Schaf schien ein Ziel vor Augen zu haben, es erhöhte sein Tempo noch einmal. So erreichte unsere Karawane den Karolinenhof, der springende Willibald vorneweg, gefolgt von inzwischen drei Autos.

Hier würde ich also die nächste Woche verbringen. Während Papa einparkte, sah ich mich um. Ein großes, reetgedecktes Wohnhaus, daneben mehrere andere Gebäude, das große mit den Flügeltüren wahrscheinlich der Stall.

»Alles aussteigen!« Papa riss meine Tür auf.

Es roch nach Bauernhof. Und wie!

2

Mina sprang vor mir aus dem Auto und schnupperte. »Hmmm! Gute Landluft! Ich gehe zu Willibald!« Zuletzt hatte ich seinen weißen Po hinter dem Haus verschwinden sehen, Mina sprintete hinterher.

Aus dem roten Auto stiegen das Mädchen und ein Junge in meinem Alter. Geschwister? Zwillinge?

Das Mädchen rannte die Treppe zur Eingangstür hoch und warf sich in die Arme der Frau, die eben heraustrat.

»Imke! Ich hab euch so vermisst!«

»Moin Sonja! Schön, dass du wieder hier bist. Und Florian ist auch dabei. Hallo!«

Sie kam die Treppe herunter. »Moin! Ich bin Imke Sörensen. Und du bist ... Ann oder Isabell?«

»Ann.«

Ihr Lachen ging übers ganze Gesicht, alles an ihr sah fröhlich aus, das Grübchen im Kinn, die strahlenden

Augen und die sich lustig in alle Richtungen ringelnden Haare. Für einen Moment dachte ich nicht mehr an den Knoten, der sich in meinem Bauch gebildet hatte und grinste zurück.

»Schön, dass du bei uns bist, Ann. Du wohnst im Muschelherz.« Sie drehte sich um. »Sonja? Kannst du Ann das Zimmer zeigen?«

Das Mädchen, das am Kofferraum stand und mit dem Jungen die Köpfe zusammensteckte, nickte. »Klar. Komm mit!«

Sie nahm einen Rucksack und ein Paar Reitstiefel.

Ich griff nach meinem Koffer, blieb aber stehen und sah zu meinen Eltern. Imke bemerkte mein Zögern. »Geh nur. Ich zeige deiner Familie derweil den Hof. Du kannst dich verabschieden, wenn du deine Sachen abgestellt hast.«

Dann wandte sie sich dem dritten Auto aus unserer Schafkarawane zu, aus dem ein blondes Mädchen gestiegen war. Sie sah so unsicher aus, wie ich mich fühlte.

War dieser Koffer schwer! »Meine Klamotten müssen sich in Steine verwandelt haben«, keuchte ich. Meine Arme fühlten sich schon nach den paar Stufen hoch zum Haus völlig ausgeleiert an, und drinnen nahm Sonja Kurs auf eine sehr lange, sehr schmale Treppe. Schnaufend polterte ich hinter ihr die Stufen hoch.

»Sei froh, dass die Jungs die Zimmer unterm Dach haben, wir müssen nur in den ersten Stock«, sagte Sonja. Sie führte mich einen Gang entlang, an dessen Ende drei Türen lagen. Sandburg, Muschelherz und Badezone war auf bunten Schildern zu lesen. Sonja öffnete die rechte Tür und ließ mir den Vortritt ins Zimmer Muschelherz.

Ein Mädchen mit kurzen braunen Haaren hatte auf einem der Betten am Fenster gelegen und einer grauen Katze den Bauch gekrault, jetzt sprangen beide auf. Die Katze schoss zwischen unseren Beinen hindurch nach draußen, das Mädchen grinste uns an. »Hi. Ich bin Jette. Wohnt ihr auch hier?«

Ich nickte. Sonja marschierte an mir vorbei und warf ihren Rucksack auf das zweite Bett am Fenster. Jetzt waren nur noch die beiden neben der Tür frei.

»Klar wohne ich hier. Ich gehöre schon fast zur Einrichtung.« Sie streckte Jette die Hand hin. »Sonja. Das vierte Jahr in Folge auf dem Karolinenhof.«

Jette ergriff die Hand und schüttelte sie. »Das spricht dann wohl dafür, dass ich eine gute Urlaubswahl getroffen habe.«

Ich schob meinen Koffer auf das Neben-der-Tür-Bett auf Jettes Seite und winkte ihr zu. »Ich bin zum ersten Mal hier und heiße Ann.«

Durch das offene Fenster klang lautes Hupen. Sonja

schaute hinaus. »Oh, mein Dad will fahren. Der war schon total genervt von Willibalds Trödelmarsch.« Kichernd rannte sie aus dem Zimmer.

»Ich geh mich auch mal von meinen Eltern verabschieden«, sagte ich.

»Ich komm mit runter. Dann können wir uns danach ein bisschen umsehen und sind nicht mehr ganz unwissend neben Sonja.«

Ich lachte. Der Knoten im Bauch hatte sich komplett aufgelöst. Warum hatte ich mir solche Sorgen gemacht? Die Ferien würden bestimmt toll werden.

Jette und ich sprangen die Stufen hinunter und fast zwei Jungen in die Arme, die mit ebenso viel Schwung auf dem Weg nach oben waren.

»Huch!«

»Hoppla!«

Ich sah strahlend blaue Augen unter braunen Haaren, dazu ein breites Grinsen und merkte, wie sich meine Lippen zu einem Lächeln verzogen.

»Sorry.«

»Ist ja nichts passiert.« Nette Stimme. »Geht es hier zum Storchennest?«

»Was wollt ihr denn im Storchennest?«, platzte Jette heraus, die gerade über einen heruntergefallenen Rucksack kletterte. »Habt ihr etwa kein Zimmer?«

Zweistimmiges Gelächter. Auch nett. »So heißt doch unser Zimmer!«

»Ach so!« Jette wurde rot.

Ich schaffte es, meinen zum Dauergrinsen erstarrten Mund zu bewegen. »Ich glaube, die Jungenzimmer sind ganz oben.«

»Danke! Bis später!« Die beiden lasen ihr Gepäck auf und sausten weiter hoch.

»Nicht schlecht.« Jette schnalzte mit der Zunge. »Ich fange an zu verstehen, warum Sonja immer wieder herkommt.«

Ich zuckte mit den Schultern. »Ich möchte lieber die Tiere sehen.« Obwohl die blauen Augen wirklich ziemlich interessant gewesen waren, das musste ich ja zugeben.

Auf dem Hof war ein wildes Gewusel im Gange, noch mehr Autos fuhren vor, überall wurden Koffer ausgeladen, Eltern verabschiedet und Neuankömmlinge begrüßt. Mittendrin meine Schwester mit Schafbock Willibald, den sie stolz an einer Leine hielt. Wer da allerdings wen führte, ließ sich nicht genau sagen. Neben ihnen tollte ein schwarzer, zottiger Hund.

»Ann! Guck mal! Willibald und ich gehen Gassi! Und das ist Shaun! Sie ist ein Border-Collie-Mischling, aber sie denkt, dass sie ein Schaf ist, deswegen heißt sie Shaun. Und dann gibt es noch …«

»Nimmst du das Schaf jetzt mit?«, unterbrach ich sie.

Mina schob die Unterlippe vor. »Würde ich sofort, aber die erlauben es natürlich nicht!« Sie zeigte auf unsere Eltern, die neben dem Auto standen und in dem ganzen Gewimmel etwas verloren wirkten.

»Und ich wäre sehr traurig, wenn Willibald den Karolinenhof verlassen würde«, sagte Imke, die mit dem blonden Mädchen an uns vorbeilief. »Ann, Jette, das ist Isabell. Mit ihr ist das Muschelherz komplett. Wartet ihr kurz auf sie? Dann könnt ihr euch gemeinsam umsehen.«

»Ist gut.« Wir nickten.

»Mina, bring Willibald und Shaun einfach wieder auf die Weide. Leine ab, Tor fest zu. Okay? Und bald machst du auch hier Ferien.« Imke führte Isabell zum Haus und Minas Miene hellte sich schlagartig auf.

»Au ja, nächstes Jahr komm ich auch her! Bei Fuß, Willibald!« Sie zerrte das Schaf hinter sich her, Shaun umsprang sie schwanzwedelnd. Jette und ich sahen dem Trio nach.

»Komm, wir gucken kurz, wo die Schafweide ist. Bis Isabell wieder unten ist, sind wir auch zurück«, sagte Jette.

Also folgten wir dem wippenden Schaf- und dem wedelnden Hundeschwanz, die vorne um die Hausecke verschwanden. Wir kamen gerade noch rechtzeitig, um zu sehen, wie Mina Willibald die Leine abnahm und ihn samt Shaun durch ein Holztor auf eine umzäunte Wiese schob.

»Sehr ausbruchssicher sieht das nicht aus«, meinte Jette.

»Ist es auch nicht.« Ich berichtete ihr von unserem ersten Treffen mit Willibald. Sie starrte mich an und prustete los. »Cool! Ein Wegweiseschaf! Und es hat auf dich gewartet! Das bedeutet mit Sicherheit etwas!«

»Und was?«, fragte ich gespannt.

Sie zuckte mit den Schultern. »Das weiß ich noch nicht. Ich werde nachher das Kaugummi-Orakel befragen.«

Kaugummi-Orakel? Ob bei meiner Mitbewohnerin vielleicht ein Schräubchen locker war? Ein ausgebrochenes Schaf ein Zeichen? Ein Kaugummi-Orakel, das dieses Zeichen deutete? Ich kam mir vor wie im falschen Film.

Jette schien zu merken, dass ich nicht ganz überzeugt war. »Ich zeig's dir später.«

»Okay.« Anschauen konnte ja nicht schaden, oder?

Mina kam zu uns geschlendert und schob ihre Hand in meine. Ich dachte an das fettige Schaffell und wollte meine Finger zurückziehen, griff dann aber beherzt zu. Wer wusste schon, welche Tiere ich in der nächsten Woche noch anfassen würde.

Wir bogen um die Ecke. Isabell stand auf dem Hof und sah sich suchend um. Ich wollte ihr winken, als ich einen Stoß in die Kniekehlen und einen Haufen Federn ins Gesicht bekam. Ich stolperte vorwärts, ließ Mina los und fuchtelte mit den Händen vorm Gesicht herum, um die Federn in Mund, Augen und Nase loszuwerden. Die Federn gackerten.

Hinter mir ein dumpfes »Plopp«, dann packten mich Hände am Arm, die flatternden Federn verschwanden und vor mir stand der Junge, der mit Sonja angereist war, unter dem Arm ein braunes Huhn. Er vergewisserte sich, dass ich sicher stand und trat einen Schritt zurück. Sicherheitsabstand?

»Tut mir leid. Hast du dir wehgetan?«

Ich schüttelte den Kopf. »Was ist denn überhaupt passiert? Das da«, ich zeigte auf das Huhn, »ist mir ja wohl ins Gesicht geflogen.« Ich drehte mich um. Hinter mir auf dem Boden stand, mit der Öffnung nach unten, ein großer Kübel, dahinter Mina und Jette, die vor Lachen heulten. Jette hob den Daumen. »Eins a!«, kicherte sie.

Jetzt wollte ich mitlachen! Ich bückte mich nach dem Kübel, aber der Jungen sprang vor und stellte einen Fuß drauf. »Lieber nicht! Hänsel hat gerade seine ungnädigen fünf Minuten. Er ist auf Gretel losgegangen, deswegen ist die ja auch …« Er nickte zu dem Huhn und obwohl er den Kopf senkte, konnte ich sehen, dass seine Mundwinkel zuckten.

»Mir ins Gesicht gesprungen«, vollendete ich den Satz. »Und er ist gegen meine Beine gekracht. Was für ein Tier ist Hänsel eigentlich? Ein Hängebauchschwein oder vielleicht ein feuerspeiender Drache?«

Er hob die Augenbrauen. »Wie kommst du denn darauf? Hänsel ist ein Hahn, ein ziemlich launischer Gockel. Wir wollten ihn eigentlich nicht rauslassen, er hat uns überrumpelt.«

Jetzt deutete er zu einem Holzhaus auf der linken Seite, vor dem Sonja ein paar Hühner hin und her scheuchte, die offensichtlich keine Lust hatten, sich einsperren zu lassen.

»Ich dachte nur ... weil das Schaf ja auch mit einem Hund zusammenwohnt«, murmelte ich. Bestimmt sah mein Kopf aus wie eine Tomate. »Bleibt der jetzt da drin?«

»Den hol ich gleich wieder raus. Ich muss nur erst Gretel zurückbringen.«

»Die kann ich nehmen. Wir kennen uns jetzt ja schon.« Dieses Huhn sah total süß aus, und es ließ mich nicht aus den Augen.

»Wenn du willst.« Er drückte mir Gretel in den Arm. Sie drehte kurz den Kopf hin und her, dann kuschelte sie sich an mich.

»Ist das süß! Darf ich es streicheln?« Mina fuhrwerkte schon in den Federn herum, was Gretel gelassen ertrug. Der Junge hob vorsichtig eine Seite des Eimers an, griff darunter und zog einen schimpfenden und flatternden bunten Hahn hervor. Er hielt ihn so weit wie möglich von sich weg und ging zum Hühnerhaus. Ich wollte ihm folgen, als ich eine Hand auf der Schulter spürte.

»Wenn der Prophet nicht zum Berg kommt, muss der Berg eben zum Propheten«, sagte Papa. Oje! Die hatte ich ja total vergessen!

»Schön, dass ihr euch hier so wohlfühlt, aber wir müssen los.«

Also umarmte ich meine Eltern und Mina, während ich mit einer Hand Gretel umklammerte. Mina versuchte, mir meine neue geflügelte Freundin vom Arm zu ziehen, aber ich hielt fest.

»Pass auf dich auf und geh nicht direkt nach dem Essen ins Wasser. Vergiss nicht, dich einzucremen! Und …«

Papa schob Mama ins Auto, ließ sie noch einmal winken und warf dann die Tür zu.

Jetzt erinnerte ich mich wieder, warum ich einen elternlosen Urlaub gewollt hatte.

Jette strich Gretel mit einem Finger über den Kamm. »Meine sind genauso. Allerdings haben sie mich schon mittags hier abgesetzt, inzwischen konnte ich mich von der Ermahnungslawine erholen.«

Ich nahm Gretel wieder in beide Arme und sah unserem Auto hinterher, das flott vom Hof rollte. Kein Knoten im Magen, keine in den Augen kitzelnden Tränen. War ich glücklich? Ganz allein auf einem Hof mit seltsamen Mitbewohnern und merkwürdigen Tieren? Es fühlte sich zumindest schwer danach an.

3

Nachdem wir uns nicht mehr in der Nähe wilder Tiere befanden, traute sich auch Isabell zu uns. Sie musterte Gretel misstrauisch. »Beißt die?«

Entrüstet schüttelte ich den Kopf, während Jette mit todernstem Gesicht erklärte: »Heute hat sie ihr Gebiss im Stall vergessen. Aber sonst musst du echt aufpassen, diese Hühnerzähne sind mörderisch scharf.«

Ich drückte Gretel fester an mich. Sie reckte den Kopf, rieb ihn an meiner Schulter und sah mich nachdenklich an. »Sie mag mich«, verkündete ich. »Und ich bin sicher, sie versteht jedes Wort.«

»Boak!«, bekräftigte Gretel meine Vermutung.

»Klasse. Vielleicht bringst du sie trotzdem wieder nach Hause, dann können wir endlich unseren Rundgang starten. Sonst werden wir vorm Abendessen nicht mehr fertig«, sagte Jette und schob mich sanft, aber unerbittlich Richtung Hühnerstall.

Sonja und dem Jungen war es inzwischen gelungen, alle Hühner wieder einzusperren. Hänsel stolzierte mit hoch erhobenem Kopf durch das Gehege und schien seine Mädels zu zählen. Gretel ließ ich über den Zaun flattern, nicht, dass noch mal die komplette Hühnerschar ausbrach.

Ich verabschiedete mich von meiner gefiederten Freundin, dann zog ich das Handy aus der Tasche. Immer noch kein Netz! Trotzdem machte ich ein Bild von Gretel. Ich konnte es ja später an Mara schicken.

»Hast du hier etwa Empfang?«, fragte Jette.

Ich schnaufte. »Keine Spur.«

»Ich auch nicht«, sagte Isabell. »Der Karolinenhof liegt wohl mitten in einem gigantischen Funkloch. Eine Woche Urlaub in der Steinzeit.« Sie seufzte. »Vielleicht gibt es irgendwo eine Buschtrommel? Oder eine Telefonzelle?«

Obwohl ich ähnliche Gedanken hatte, musste ich lachen. »Ach was!« Irgendwann, irgendwie würde es Empfang geben, ganz sicher. Dann konnte ich Mara ein ganzes Fotoalbum vom Ende der Welt schicken. Ich machte noch ein Gretel-Portrait-Foto, dann starteten wir unsere Entdeckungstour.

Als Imke zum Abendessen rief, hatten wir fast alle unsere vierbeinigen Mitbewohner kennengelernt und herausgefunden, dass es in der Scheune sowohl etliche Fahrräder als auch ein Lager im Heu gab.

»Wie romantisch«, seufzte Isabell, als wir zum Haupthaus hinüberliefen.

»Romantisch?« Jette nieste und schüttelte den Kopf. »Ich hab Heuschnupfen. Da geht romantisch anders.«

»Warum fährst du dann auf einen Bauernhof?«, fragte ich. »Ist doch klar, dass da alles voll Heu ist.«

»Solange ich den Kopf nicht direkt in einen Heuballen stecke, ist es nicht so schlimm«, sagte Jette. Sie schnupperte. »Mmmmmh, das riecht aber gut!«

Jetzt stieg mir der Duft auch in die Nase. Frisch gebackenes Brot?

Imke zeigte uns ein Badezimmer im Erdgeschoss, wo wir uns die Hände wuschen und Heuhalme aus den Haaren klaubten. Danach betraten wir den Essraum.

Die Gäste hatten sich an zwei Tischen verteilt. Außer uns zählte ich elf Leute, vier Mädchen und sieben Jungen. Sonja saß mit dem Jungen aus ihrem Auto bei unseren Treppenbekanntschaften und unterhielt sich angeregt. Imke schob uns auch an den Tisch. »Muschelherz und Storchennest sitzen zusammen. Auf speziellen Wunsch.« Sie zwinkerte uns zu. Sonja schien hier tatsächlich einige Privilegien zu genießen.

Jette winkte in die Runde. »Hallo, ich bin Jette. Und ihr so? Sonja kenn ich schon. Aber wie heißt der gut aussehende Gockelbändiger neben ihr?« Sie lachte, als der Junge leicht rot wurde.

»Das ist Florian«, antwortete Sonja für ihn. »Wir sind jetzt schon das dritte Jahr zusammen hier.«

Florian schickte ein schiefes Grinsen in die Runde. Konnte er nicht mehr sprechen? Vorhin war er eindeutig gesprächiger gewesen.

Unsere Treppenbekanntschaften stellten sich als Justin und Ben vor. Isabell und ich nannten ebenfalls unsere Namen.

Während die anderen sich über ihre Ferienpläne austauschten, nahm ich mir eine Scheibe Brot aus dem Korb, bestrich sie großzügig mit Butter und legte eine dicke Scheibe Käse darauf. Seit dem wabbeligen Imbiss an einer Autobahnraststätte hatte ich nichts mehr gegessen. Wahrscheinlich war ich schon halb verhungert.

»Habt ihr dieses riesige Trampolin gesehen?«, fragte Ben. »Darauf kann man Saltos schlagen, total cool!«

Sonja schnaubte, als ob so etwas absoluter Kinderkram wäre. »Ich finde den Rosengarten interessanter. Der ist traumhaft schön und Imkes ganzer Stolz. Wart ihr schon dort?«

»Nee, noch nicht. Wo ist der denn?«, fragte ich.

»Hinter dem Haus, am Schuppen vorbei. Ab da immer dem Duft nach, den kann man nicht verfehlen«, sagte Florian. »Wobei ich eine große Blumenwiese schöner finden.«

»Ich mag Rosen!«, rief Sonja.

»Hübsch sind die sicher«, sagte ich. »Aber meine Lieblingsblumen sind Gänseblümchen.«

Alle lachten. »Wie niedlich!«, meinte Sonja.

»Und so bescheiden.« Jette grinste. »Ich mag Orchideen am liebsten.«

Wir kabbelten uns noch eine Weile, welche Blume die schönste wäre und beschlossen dann, dem Rosengarten auf alle Fälle einen Besuch abzustatten.

»Sag mal, du hast doch Reitstiefel dabei«, quetschte Jette Sonja aus. »Aber willst du dich tatsächlich auf diese winzigen Ponys setzen?«

Die beiden braunen Wuscheltiere hatten wir hinter der Scheune aufgestöbert und waren uns einig, dass man auf diesen Fellkugeln mit den kurzen Beinchen sicher nicht reiten konnte.

Sonja prustete los. »Meint ihr Ping und Pong? Mit denen kann man nur Kutsche fahren. Aber im nächsten Ort gibt es einen Reiterhof, da gehe ich hin.«

»Hätte ich das mal gewusst!« Alle starrten mich an.

»Dann?«, fragte Jette.

»Dann wäre ich vielleicht dorthin gefahren. Eigentlich wollten Mara und ich Reiterferien am Meer machen. Aber sie ist doch lieber mit ihren Eltern nach New York geflogen und ich bin hier gelandet«, erklärte ich.

»Hier ist es sowieso tausendmal besser als auf einem

Reiterhof«, verkündete Sonja mit vollem Mund. »Das werdet ihr sehen.« Florian nickte eifrig.

»Also, ich möchte nicht reiten«, sagte Ben. »Du etwa?«

Justin zuckte mit den Schultern. »Warum nicht? Aber erst mal will ich an den Strand.«

Wie aufs Stichwort schlug Imke auf einen Gong. Alle Gespräche verstummten. Wir hatten gar nicht gemerkt, dass noch drei Leute den Raum betreten hatten.

»Moin zusammen!«, sagte ein großer Mann mit blonden Haaren und fröhlichen blauen Augen. »Ich bin Björn und begrüße euch ganz herzlich in unserem Haus. Hoffentlich verbringt ihr schöne Tage hier.« Dann schob er ein Mädchen und einen Jungen nach vorne, die wohl ein paar Jahre älter waren als wir. »Das sind Keno und Clara. Sie werden euch vielleicht nicht jeden einzelnen Wunsch von den Augen ablesen, aber ein tolles Programm für euch zaubern. Viel Spaß!«

Alle klopften auf die Tische und Björn machte eine lustige kleine Verbeugung.

Keno trat vor. »Nur ganz kurz. Nach dem Essen treffen wir uns zu einem Kennenlernspiel. Und der Plan für morgen sieht so aus: Die Frühaufsteher dürfen gern bei allen Arbeiten auf dem Hof helfen. Frühstück gibt es von acht bis neun. Dann nehmen wir die Fahrräder und fahren an den Strand.«

Begeisterter Applaus.

»Frühstück von acht bis neun?«, keuchte Jette. »Das ist ja mitten in der Nacht! Wir haben doch Ferien!«

Ich zuckte mit den Schultern. »Ich stehe früh auf, ich will bei den Tieren helfen.«

»Beim Wegweiseschaf?«, flüsterte Jette kichernd. »Oder bei deinem Huhn?«

»Was ist?«, fragte Sonja.

Imke stellte ein Schüssel Rote Grütze auf den Tisch. Ich ignorierte Sonjas Frage und schaufelte mein Schälchen voll.

»Ann hat sich nämlich in ein Huhn verguckt, das ihr ins Gesicht geflogen ist«, informierte Jette alle.

Ich löffelte vor mich hin und tat, als würde ich das Gelächter nicht hören. Erst, als sich eine Hand auf meinen Arm legte, schaute ich hoch – direkt in zwei blaue Augen. Meine Hand mit dem Löffel machte einen Schlenker und schon wabbelte die Grütze auf den Tisch und sprenkelte mein T-Shirt rot. Wenigstens lenkte das von meinem sicher auch knallroten Kopf ab.

»Oh! Sorry, ich wollte dich nicht erschrecken.« Justin packte die geflüchtete Grütze in seine Serviette. »Ich finde, Hühner sind tolle Tiere. Stellst du mir dein Lieblingshuhn mal vor?«

Ich nickte. »Es heißt Gretel.« Oh, mein Gott! Was tat ich hier? Ich saß neben einem umwerfenden Jungen und erzählte von einem Huhn! Wahrscheinlich hielt er mich für leicht beschränkt.

Wenn das der Fall war, ließ er es sich netterweise nicht anmerken. Wir redeten noch ein bisschen über die Tiere auf dem Hof.

»Ich glaube, ich melde mich auch freiwillig zum Arbeiten im Stall«, sagte er dann.

»Das macht total Spaß«, erklärte Sonja. »Und am besten ist das Brötchenholen.«

»Ich schlaf trotzdem aus!«, sagte Jette.

4

Nach dem Essen bummelten wir zum Rosengarten, der tatsächlich wunderschön war. Allerdings kamen wir unterwegs auch an einer Gänseblümchen-Wiese vorbei und ich pflückte einen kleinen Strauß, den ich in einem Becher auf meinen Nachttisch stellte.

Nacheinander machten wir uns bettfertig. Ich kam als Letzte aus der Badezone. Ich hatte ewig geduscht und, während mir das warme Wasser auf den Kopf prasselte, versucht, die Namen meiner Miturlauber den richtigen Gesichtern zuzuordnen. Es war mir nicht bei allen gelungen. Aber ein paar Tage hatte ich ja auch noch Zeit zum Lernen. Wenigstens wusste ich, wer mit mir im Zimmer schlief. Der Gedanke an mein kuscheliges Bett war sehr verlockend, ich war so müde, dass ich fast mit der Zahnbürste in der Hand eingeschlafen wäre. Ich spülte aus, wickelte ein Handtuch um meine nassen Haare und tappte gähnend ins Muschelherz.

»Na endlich! Wir dachten schon, du wärst in den Abfluss gerutscht!«, rief Sonja. »Komm her!«

Alle drei saßen auf Jettes Bett. Die Fenster standen offen und es roch nach Meer, obwohl draußen nur grüne Wiesen zu sehen waren.

Ich wollte mich auf meinem Bett niederlassen, aber Jette hörte nicht auf zu winken und neben sich auf die Matratze zu klopfen. Mit einem Seufzen stemmte ich mich hoch und tappte zu den anderen.

»Rot, grün, gelb oder blau?«, fragte Jette.

Wie bitte? Ich starrte sie an. Was wollte sie?

Kichernd hob sie eine prall gefüllte Tüte mit Kaugummikugeln hoch. Riesigen Kaugummikugeln. »Such eine Farbe aus! Du weißt schon, das Orakel!«

Das interessierte mich nun doch. Ich tippte auf eine grüne Kugel, die Jette sich sofort in den Mund schob.

»Jezsch frag mich wasch!« Ihre Aussprache war etwas undeutlich.

»Was denn?«

Krachend zerbiss sie die Kugel und kaute. »Na, was du wissen möchtest. Was für ein Zeichen das Wegweiseschaf ist, zum Beispiel.«

»Was für ein Zeichen ist das Wegweiseschaf?«, wiederholte ich.

Jette schüttelte den Kopf. »So geht das nicht. Erst mal musst du es dir gemütlich machen und nicht hier rumstehen wie an der Bushaltestelle. Und dann musst du die richtigen Fragen stellen. Das Orakel kann nur mit Ja und Nein antworten.«

»Ach so!« Woher sollte ich das wissen? Ich kannte sonst kein Orakel. Am Fußende war noch ein freies Plätzchen, ich quetschte mich neben Isabell.

»Jetzt mach schon!«, drängte Sonja.

Ich überlegte. Was sollte ich fragen? Ich dachte doch gar nicht, dass Willibald auf mich gewartet hatte. »Mir fällt nichts ein.«

Sonja verdrehte die Augen. »Dann frag ich für dich. Hat Willibald auf Ann gewartet?«

Jette kaute mit geschlossenen Augen. »Kleine Blase heißt Nein, große Ja.«

Sie setzte sich in den Schneidersitz, legte die Hände mit den Handflächen nach oben auf den Knien ab, schloss die Augen, kaute und fing an zu summen. Nach einer gefühlten Ewigkeit verstummte sie und pustete los, die Wangen gebläht und leicht rot im Gesicht. Zwischen ihren Lippen tauchte eine grünlich schimmernde Kaugummiblase auf, die langsam größer wurde.

»Ja!«, jubelte Sonja, als die Blase Jettes Nasenspitze fast erreicht hatte.

Wie von einem Staubsauger eingesaugt, verschwand der Kaugummi wieder in Jettes Mund. »Nächste Frage!«

Sonja beugte sich vor. »Wollte Willibald Ann hierher führen?«

Summen, Kauen, Summen, Summen, Summen. Kauen. Pusten. Pusten. Pusten.

Die Blase wuchs wieder fast bis zur Nase.

Sofort feuerte Sonja die nächste Frage hinterher: »Wollte Willibald Ann etwas zeigen?«

Diesmal dauerte das Summen nicht ganz so lange und auch die Blase wurde deutlich schneller groß.

Ich beugte mich weiter vor, irgendwie war es schon spannend. Mein Bauch fühlte sich ganz kribbelig-aufgeregt an.

»Dann wird Ann hier ein Abenteuer erleben?« Sonja saß Jette jetzt fast auf dem Schoß, auch Isabell und ich waren näher gerutscht.

Summen. Kauen, Kauen, Pusten. Eine riesige Blase!

Sonja setzte zu einer neuen Frage an, aber Isabell war schneller: »Hat es mit einem Jungen zu tun?«

Wie bitte? Ich wollte protestieren, doch die Kaugummiblase füllte sich in Sekunden, erst verschwand Jettes Mund dahinter, dann Kinn und Nase, Teile der Wangen. Als die Blase die Augen verdeckte, rutschte ich weiter weg. Das konnte doch nicht gut gehen!

Tat es auch nicht. Mit einem lauten Knall platzte die Blase, Kaugummifetzen verteilten sich auf Jettes Gesicht.

Isabell kicherte los. »Und was … was bedeutet das jetzt?«

»Explosive Sache!« Auch Sonja konnte sich vor Lachen kaum halten.

Jette pulte sich den Kaugummi aus dem Gesicht. »Das bedeutet, dass das Orakel darüber noch nichts sagen kann. Die Frage war zu schwierig.«

Okay … Tolle Ausrede, die hätte von mir sein können. Dabei hätte mich die Antwort jetzt doch interessiert … ein bisschen zumindest.

»Kann ich jetzt das Orakel befragen?«, rief Isabell.

»Klar.« Jette spuckte den Kaugummi auf ein Taschentuch. »Welche Farbe?«

»Rot. Ich habe aber nur eine Frage.«

»Macht nichts, das geht auch«, sagte Jette. Sie schob die rote Kaugummikugel in den Mund. »Kann loschgehen!«

Dreimal musste Isabell ansetzen, weil sie vor lauter Kichern und Giggeln die Frage nicht verständlich herausbrachte. Jette saß schon nicht mehr ganz so entspannt und kaute heftig, als es endlich klappte: »Wird Finn mit mir ins Kino gehen?«

Jette riss die Augen auf. »Finn? Wer ist das? Erzähl!«

»Was sagt denn das Orakel?«, wollte Isabell wissen.

»Nichts.« Jette ließ kurz hintereinander drei Kaugummiblasen zerplatzen. »Das Orakel braucht mehr

Informationen. Das Wegweiseschaf kennt es, Finn nicht. Also?«

Isabell zwirbelte eine Ecke von Jettes Bettdecke zwischen den Fingern. Ihre Wangen liefen rosa an. »Also, Finn geht in meine Parallelklasse. Wir sehen uns immer bei Reli. Ich find ihn total süß, schon lange. Und er lächelt mich auch immer an, so ganz besonders ... Aber er redet nie mit mir.«

»Vielleicht ist er schüchtern«, mischte Sonja sich ein.

Isabell nickte. »Auf jeden Fall! Meine beste Freundin hat immer gesagt, dass ich ihn ansprechen soll, aber ich hab mich nicht getraut. Bis vor den Ferien. Da bin ich hin und hab gefragt, ob er mal mit mir ins Kino gehen möchte.«

»Und?«, fragten wir fast gleichzeitig.

»Er hat ja gesagt. Aber dann ist er gleich in Urlaub gefahren. Vielleicht hat er es nach den Ferien wieder vergessen.«

»Kann man nie wissen«, sagte Sonja und gähnte. »Mädels, ich hau mich jetzt hin, morgen müssen wir früh raus.«

»Ich nicht!«, rief Jette. Sie spuckte den roten Kaugummi ebenfalls auf das Taschentuch. »Ich geh noch mal Zähne putzen.«

Ich stand auch auf und tappte zu meinem Bett. Nur Isabell blieb sitzen. »Du, Sonja ...«

»Hmmm?« Sonja hatte sich die Decke halb über den Kopf gezogen.

»Wie war das mit Florian? Wie bist du mit ihm zusammengekommen?«

Ich setzte mich auf mein Bett und sperrte die Ohren auf, das war bestimmt interessant.

»Oh, das war fast wie im Märchen«, sagte Sonja und kam wieder unter der Decke hervor. Dabei strahlten ihre Augen und sie lächelte. »Unsere Mütter haben sich kennengelernt, als sie mit uns schwanger waren. Wir kennen uns also schon aus dem Bauch. Wir waren zusammen in der Krabbelgruppe, im Kindergarten, in der Schule. Und irgendwann ... ist es mehr geworden.«

»Das ist soooo romantisch«, seufzte Isabell.

»Was ist romantisch?«, fragte Jette, die gerade wieder ins Zimmer kam.

»Die Geschichte von Sonja und Florian«, sagte Isabell. »Bestimmt heiraten die mal!«

Jette zuckte mit den Schultern. »Vielleicht heiratest du auch deinen Finn, wart's mal ab. Bei meinem Freund hat es auch ein bisschen gedauert, bis er sich getraut hat.«

»Du hast auch einen Freund?«, rief Isabell.

Ich kam mir vor wie die totale Außenseiterin. Warum konnte Mara jetzt nicht hier sein? Die hatte auch nichts mit Jungs am Hut. Zusammen hätten wir über den ganzen romantischen Kram gelacht. Schnell schlüpfte ich unter die Decke und drehte mich zur Wand. So kam hoffentlich niemand auf die Idee, mich zum Thema »Jungs« auszuquetschen!

Jette und Isabell unterhielten sich leise, Jette erzählte von ihrem Tjorben und Isabell schwärmte vom tollen Finn.

»Hast du schon mal ...«, setzte sie an.

»Was hab ich schon mal?«, fragte Jette.

»Na ...« Isabell schmatzte mit den Lippen.

»Geküsst?«, rief Jette.

»Mhm.«

Jette lachte leise. »Die Dame genießt und schweigt.«

»Menno«, maulte Isabell. »Und ich dachte, ich kann hier noch was lernen. Gute Nacht!«

Sie ging zu ihrem Bett. Als Jette das Licht ausknipste, schloss ich auch die Augen. Fast war ich eingeschlafen, als ich meinen Namen hörte.

»Psst, Ann!« Etwas zupfte hartnäckig an meiner Decke. »Ann!« Es war Isabell.

»Wasnlos?«, murmelte ich.

»Ich wollte nur wissen ... wartet zu Hause jemand auf dich?«

»Ja.« Mama, Papa, Mina ... »Aber kein Junge«, flüsterte ich, war mir aber nicht sicher, ob sie es hörte.

Einen Moment sah ich blaue Augen vor mir, dann war ich eingeschlafen.

5

Aber kaum hatte ich die Augen zugemacht, rüttelte mich schon wieder jemand am Arm. Ich blinzelte. Es war gar nicht mehr dunkel!

»Kommst du?« Sonja stand fix und fertig angezogen neben meinem Bett. »Die beiden Schlafmützen lassen wir schnarchen, aber du wolltest doch mit, oder?«

Ich nickte und krabbelte aus dem Bett. »Wie viel Uhr ist es denn?«

»Kurz vor sechs«, sagte Sonja und hörte sich dabei an, als würde sie etwas Wunderschönes verkünden.

»Vor sechs?« Ich sah sie entsetzt an. »So früh steh ich nicht mal auf, wenn ich zur Schule gehe.«

»Das hier ist ja auch viel besser als Schule.« Sie hielt mir meine Jeans und das T-Shirt von gestern hin, die ich einfach auf den Boden gelegt hatte. »Zieh das noch mal an, nachher musst du eh duschen.«

»Okay.« So schnell es im Halbschlaf ging, schlüpfte

ich in die Klamotten und huschte hinter Sonja die Treppe runter. Imke und Björn wuselten schon auf dem Hof herum. Sonja ging schnurstracks zu Björn, der gerade die Ponys aus dem Stall führte. »Fährst du Brötchen holen? Kann ich mit?«

Er nickte. »Moin! Klar. Dann hilf aber auch beim Anschirren.«

Wie der Blitz war Sonja im Stall verschwunden. Björn lächelte mich an. »Leider ist im Sulky nur Platz für zwei.«

»Und was kann ich dann machen?«

»Guten Morgen, Ann. Find ich toll, dass du helfen möchtest. Hast du Lust, die Hühner zu füttern?« Imke hielt mir einen Eimer mit Körnerfutter hin. Das sah aus wie Müsli und prompt knurrte mein Magen. »Oje!« Imke lachte. »Wir müssen uns wohl beeilen, damit du nicht bei der Stallarbeit verhungerst.«

Sonja war, mit allen möglichen Riemen, Schnallen und Zügeln beladen, wieder aufgetaucht und machte sich an Ping und Pong zu schaffen. Ich schlenderte zum Hühnerstall. Dort schienen alle noch zu schlafen, keine einzige Feder war zu sehen.

»Streu es einfach aus!«, rief Imke über den Hof.

Ich nickte und öffnete das Gatter. Als es sich knarzend hinter mir schloss, stürmte Hänsel die Rampe des Hühnerhäuschens herunter, flatterte mit den Flügeln und schüttelte den Kopf. Er musterte mich kurz, bevor er an mir vorbei sprintete und auf einem kleinen Erdhügel in der Ecke des Auslaufs stehen blieb. Dort schüttelte er sein Gefieder aus, richtete sich zu voller Größe auf, legte den Kopf in den Nacken und krähte ohrenbetäubend.

»Guten Morgen! Jetzt sind sicher alle wach«, begrüßte ich ihn und streute sicherheitshalber eine dicke Schicht Körner zwischen uns auf den Boden. So würde er ja hoffentlich nicht daran denken, mich noch einmal anzufallen.

Jetzt kamen auch, eine nach der anderen, seine Damen aus dem Haus. Gretel gehörte zu den letzten und ich war unendlich erleichtert, dass ich sie sofort erkannte. Ich hatte schon befürchtet, ich hätte mir nur eingebildet, sie wäre ein besonderes Huhn. Aber sie war es wirklich. Statt wie ihre Freundinnen schnurstracks zum Futter zu laufen und loszupicken, flatterte sie mir auf den Arm. Sie sah mir fest in die Augen, reckte den Hals und rieb ihren Schnabel an meinem Kinn. Ein Hühnerkuss am Morgen! Dann drehte sie sich um, schien kurz zu überlegen und hüpfte Kopf voran in den Futtereimer.

»He!« Ich stellte den Eimer ab und versuchte, Gretel herauszuziehen, was sich als ziemlich schwierig erwies, weil Gretel absolut keine Lust hatte, ihren Eins-a-Futterplatz zu verlassen. Schließlich gelang es mir, ihren Bauch zu umfassen.

»Raus da, du verrücktes Huhn!«

»Kann ich dir helfen?«

Das zappelnde Huhn im Arm, wirbelte ich herum.

Florian stand am Zaun und grinste mich an. »Guten Morgen! Schaffst du das alleine?«

»Klar!« Ich nickte und pustete mir eine Haarsträhne aus der Stirn. Bei dem Hühnerkampf war bestimmt meine eh nicht sehr ordentliche Frisur völlig außer Form geraten. »Kein Problem. Gretel war nur besonders hungrig.«

Er lachte. »Das ist sie immer. Aber du scheinst sie gut im Griff zu haben. Dann geh ich zu Willibald.« Er hatte sich schon halb weggedreht, da fiel ihm noch etwas ein: »Wenn du jetzt auch immer hilfst, sind wir schnell fertig und bekommen eher Frühstück. Find ich gut. Alle anderen schlafen noch.«

Ein kurzes Winken, dann marschierte er davon.

Ich sah Gretel an. »Das mach ich doch gern.«

Sie gackerte leise, dann fing sie wieder an zu zappeln.

»Okay, du hast Hunger. Ich langsam auch.« Ich setzte sie ab, verteilte die restlichen Körner im Gehege und hielt Ausschau nach Imke. Sie bog gerade mit einer Schubkarre voll Mist um die Ecke des Kuhstalls. »Gibt es noch etwas für mich zu tun?«

Sie stellte die Karre ab und kam zu mir. »Hast du schon die Eier gesucht?«

Ich schüttelte den Kopf.

Sie nickte zum Hühnerhaus hinüber. »Ein Korb steht hinter dem Haus. Du kannst die eine Wand öffnen, siehst du den Riegel dort?«

Ich nickte.

»Aber pass auf Hänsel auf, er reagiert manchmal ein bisschen empfindlich auf Eindringlinge.«

»Ich weiß.« Zum Glück hatte ich noch den Futtereimer in der Hand. Den konnte ich ihm notfalls überstülpen.

»Stell den Korb einfach vor die Haustür, wenn du fertig bist. Falls du danach noch Lust und Zeit hast, kannst du mir gerne im Stall helfen.«

Hänsel und seine Frauen kümmerten sich zum Glück nicht groß um meine Eiersuche. Ich kam mir vor wie an Ostern. Diese Hühner waren ganz schön erfinderisch beim Ablegen ihrer Eier. Kein einziges lag in den ordentlichen Nestern, ich wurde fündig in den Ecken, unterm Stroh und eins war tatsächlich hinter einem Trinknapf versteckt. Nachdem ich das komplette Haus doppelt und dreifach durchwühlt und dabei mehrfach in Hühnerdreck gegriffen hatte, wischte ich meine Hände erst im Stroh, dann an meiner Jeans ab und klappte die Wand wieder zu.

Die Hühner pickten immer noch eifrig in den Körnern herum. Ich kletterte über den Zaun, stellte den Korb an der Treppe ab und schlenderte zum Stall.

Imke fegte gerade die Stallgasse und Florian schleppte zwei riesige Milchkannen an mir vorbei.

»Melken kann ich aber nicht«, sagte ich.

Imke lächelte. »Das habe ich mir fast gedacht. Brauchst du auch nicht. Wir sind eh fast fertig. Magst du mir helfen, das Heu zu verteilen?«

Sie schleifte einen großen Ballen in die Stallgasse, schnitt die Verschnürung durch und zeigte mir, wie viel ich auf eine Heugabel packen sollte. Die Kühe reckten die Hälse und leckten sich die Mäuler. Eine schaffte es, sich die Zunge ins Nasenloch zu stecken. Ich tastete meine Taschen nach dem Smartphone ab. Nichts. Erschrocken legte ich die Mistgabel weg und tastete beidhändig. Gähnende Leere in allen Taschen. Mir fiel ein, dass ich es auf dem Nachttisch liegen gelassen hatte – ohne Netz brauchte ich es nicht wirklich. Obwohl ich die Zungenakrobatik schon gern fotografiert hätte. Morgen musste ich es unbedingt mitbringen.

Florian kam zurück. »Suchst du was?«

»Mein Handy. Das liegt oben im Zimmer. Ich wollte ein Kuhfoto machen.«

Er zückte sein Smartphone. »Das kann ich übernehmen. Ich schicke dir das Bild, sobald ich wieder Kontakt zur Zivilisation habe.«

Natürlich hatten jetzt alle ihre Nasen im Heu vergraben und kauten friedlich. Keine Zungenakrobatik mehr.

Trotzdem konnte ein Bild nicht schaden. »Kannst du die Uhrzeit auf dem Foto einblenden?«

Er nickte. So war wenigstens mein Einsatz im Stall am frühen Morgen dokumentiert. Ich kniete mich zwischen zwei mampfende Kühe und grinste.

»Fertig!« Florian hielt mir das Display hin. Dafür, dass ich eigentlich noch schlief, sah das Bild gut aus. »Gib mir deine Nummer, dann kann ich es fertig machen zum Verschicken.«

Ich diktierte die Zahlen und sah ihm über die Schulter. »Drei, nicht zwei! Da vorne! Ja, jetzt stimmt alles.«

»Was macht ihr da?« Wie bei einer Heimlichkeit ertappt, fuhren wir auseinander. Sonja stand am Stalleingang, in jeder Hand eine große Brötchentüte.

»Hej, endlich Frühstück!« Grinsend ging Florian ihr entgegen, blieb aber nach wenigen Schritten wieder stehen. »Bist du schlecht gelaunt?«

»Wieso sollte ich?«, fuhr sie ihn an. »Was habt ihr da eben gemacht?«

Florian zuckte mit den Schultern. »Ich habe ein Foto mit Kuh von Ann gemacht, weil sie ihr Handy im Zimmer gelassen hat.«

Sonja packte ihn am Arm. »Dann hoffe ich mal, dass du die Kühe alle gut getroffen hast. Und jetzt komm, ich dachte, du hast Hunger.«

Ohne mich eines Blickes zu würdigen, marschierte

sie zum Haus, Florian im Schlepptau. Er ließ sich mitziehen, guckte aber noch mal über die Schulter und schnitt eine Grimasse.

Ich hob die Heugabel auf und verteilte das restliche Kuhfrühstück. Auf Menschenfrühstück mit Sonja hatte ich überhaupt keine Lust mehr, selbst mein Magen hatte netterweise aufgehört, mich an seinen füllungsbedürftigen Zustand zu erinnern.

Ich konnte gar nicht recht sagen, was für ein Gefühl gerade in mir tobte. Ein schlechtes Gewissen wohl kaum. Wir hatten nichts Schlimmes gemacht. Und dass ich Florian meine Nummer gegeben hatte ... mein Gott, alle Jungs in meiner Klasse hatten die Nummer, ich ihre auch, und von keinem wollte ich etwas. Wut? Schon eher. Auf Sonja, weil sie so gemein gewesen war? Ich hatte ihr nichts getan und sie war oberfies. Auf Florian, weil der die Sache nicht sofort klargestellt hatte? Auf mich, weil ich nichts gesagt hatte? Alles auf einmal? Und vielleicht doch gemischt mit riesigem Hunger, der in meinem Magen tobte? Jedenfalls war es kein gutes Gefühl.

Imke werkelte irgendwo weiter hinten im Stall. Schnell strich ich der letzten Kuh über die Nase und huschte aus der Tür und hinüber zu den Hühnern.

Sie hatten ihr Frühstück beendet und ruhten jetzt fast alle. Ich kletterte über den Zaun zu Gretel, die es sich neben dem Hühnerhaus gemütlich gemacht hatte. Ich hockte mich neben ihr auf die Rampe. Erst kraulte ich ihr nur den Kopf, dann hob ich sie auf meinen Schoß.

»Weißt du Gretel, es ist echt zum Verzweifeln«, klagte ich ihr mein Leid. »Mara und ich haben uns geschworen, Jungs links liegen zu lassen, damit wir nicht so total verblöden wie Maras Schwester. Seit die ihren Arne hat, gackert sie mehr herum als du, steht nur noch vor dem Spiegel oder starrt dümmlich grinsend Löcher in die Luft. Wer will denn so werden?«

Gretel sah mich aufmerksam an. »Aber ... vielleicht muss man ja gar nicht so doof werden? Jette ist kein bisschen blöd, nur ein wenig verrückt. Isabell ist nett. Und Sonja eigentlich auch.«

Gretel reckte den Kopf, starrte mir ins Gesicht und flatterte dann auf meine Schulter. Ich wagte kaum, mich zu bewegen, dann schmiegte ich ganz sanft meine Wange gegen die weichen Federn. Das fühlte sich ziemlich gut an.

»Wenn sie nur nicht so eifersüchtig wäre! Die fährt ja schon die Krallen aus, sobald man ein Wort mit Florian spricht. Dabei will ich doch gar nichts von ihm, es ist ja mehr als deutlich, dass er zu Sonja gehört. Wie im Märchen ...«

Gretel gackerte leise vor sich hin. Es klang, als wollte

sie mir sagen, wie recht ich doch hatte. Dadurch ermutigt, sprach ich weiter: »Er ist wirklich nett. Aber das sind hier fast alle Jungen. Besonders Justin ... Der ...«

»Unterhältst du dich mit einem Huhn?«

Ich sprang so abrupt auf, dass Gretel von meiner Schulter segelte. Eben noch in meinen Gedanken, jetzt live und in Farbe vorm Hühnerstall: Justin. Und seine Augen waren noch genauso unverschämt blau wie gestern.

»Was erzählst du der Henne denn so?«

Ich spürte, wie mir das Blut ins Gesicht schoss. Hoffentlich hatte er nichts gehört. »Ich ... also ... das ...«, stotterte ich rum. War ich jetzt schon genauso verblödet wie Maras Schwester? Ich würde doch wohl noch einen vernünftigen Satz rausbringen. »Wir tauschen uns über dumme Hühner mit und ohne Flügel aus«, sagte ich. »Hat Imke dich geschickt?«

Er nickte. »Florian meinte, du wärst bestimmt im Hühnerstall. Ich dachte, er macht Witze.«

»Wieso das denn? Hühner sind nette, kluge Tiere.«

»Mag ja sein.« Justin grinste. »Aber ich dachte halt, Mädchen, Hühnerstall ... Du verstehst?«

Ich konnte es mir denken. Er öffnete das Gatter und hielt es mir auf.

»Mach schnell wieder zu, sonst büxt Hänsel wieder aus«, sagte ich und er knallte das Tor sofort zu.

»Vielleicht helfe ich morgen Früh auch«, sagte Justin auf dem Weg zum Haus. »Scheint ja echt Spaß zu machen, wenn du darüber das Frühstück vergisst.«

Ich nickte. Und hoffte, dass die Sitzordnung seit gestern geändert worden war. Aber dieser Wunsch erfüllte sich nicht. Justin ging schon zum Tisch, während ich meine Hände wusch. Als ich schließlich ins Esszimmer trat, war noch genau ein Platz frei: zwischen Sonja und Jette.

Mit einem gemurmelten »Morgen!« schob ich mich auf meinen Stuhl und griff sofort nach einem Brötchen.

Justin bestritt die Unterhaltung bei uns am Tisch fast allein. »Machen wir hier auch so Thementage? Flo, das musst du doch wissen? Indianer, Krimi, Fußball, irgend so was?«

Florian zuckte mit den Schultern. »Nicht jedes Jahr, kommt drauf an, was die Gäste sich wünschen.«

»Dann wünsch ich mir das«, verkündete Justin. »Und wenn wir einen Indianer-Tag machen, weiß ich auch schon einen neuen Namen für Ann: Die mit dem Huhn spricht!« Er konnte sich kaum halten vor Lachen, aber seltsamerweise fühlte ich mich kein bisschen ausgelacht. Ich guckte zu ihm, seine Augen waren auf mich gerichtet und zwinkerten fröhlich. Da konnte man doch nur mitlachen.

Und während ich grinsend in mein Brötchen biss,

tippte mich Sonja an. »Du, wegen vorhin«, murmelte sie. »Das war blöd, tut mir leid. Ich sollte vorm Frühstück besser gar nicht sprechen.« Sie verzog den Mund zu einem zaghaften Lächeln und streckte mir eine Hand hin. »Freunde?«

Ich schlug ein. »Ja, Freunde!«

6

Nach dem Frühstück duschte ich in neuer Rekordzeit, schlüpfte in meinen neuen Bikini und zog mein Lieblingskleid darüber. Mit noch tropfenden Haaren und dem Rucksack über der Schulter rannte ich zur Scheune.

Björn schraubte gerade den Sattel an einem Fahrrad höher.

»Ann! Ich hab dir eins reserviert!«, rief Jette. Sie hielt ein rotes und ein blaues Rad fest. »Die sehen zwar alle aus, als wären sie schon dreimal rund um die Welt gefahren, aber ich glaub, die beiden hier sind gut in Schuss. Welches möchtest du?«

Ich nahm das rote Rad. Es passte von der Größe her, fuhr sich aber ganz anders als meins zu Hause. Der Lenker war viel höher, sodass ich ganz aufrecht saß. Jettes Rad war auch schon passend eingestellt, wir kurvten über den Hof, bis die anderen fertig waren.

Imke verteilte Lunch-Pakete, Wasserflaschen und

Satteltaschen, bis alle gut gerüstet für einen Tag am Strand waren.

»Habt ihr genug Sonnencreme dabei?« Wir nickten brav und Keno kramte als Beweis eine große Flasche aus seiner Satteltasche.

»Abfahrt!« Clara radelte vorneweg, Keno ließ uns alle passieren und bildete das Schlusslicht. Wir fuhren über die Ausfahrt auf die Straße, auf der wir gestern Willibald getroffen hatten, und bogen nach rechts ab in Richtung Deich.

Er sah zum Greifen nah aus, allerdings dauerte es doch mehr als zehn Minuten, bis wir das Tor erreichten, das auf den Radweg am Fuß des Deiches führte.

»Hier dürft ihr keine Angst vor Schafen haben«, sagte Clara und deutete auf die erste Schafherde, die mitten auf dem Weg lag und vor sich hin döste. »Fahrt um sie herum oder klingelt sie weg.« Sie hielt das Tor auf, bis wir alle hindurch waren, dann schob sie ihr Rad wieder an die Spitze unserer Gruppe und stieg auf.

Ganz so einfach gestaltete sich das mit den Schafen dann doch nicht. Die meisten sprangen auf, wenn ihnen ein Radler zu nahe kam, und rannten völlig unberechenbar und ohne Rücksicht auf Verluste kreuz und quer über den Weg. Jette landete bei einem Ausweichmanöver im Graben und beschloss, Schafe ab jetzt blöd zu finden.

Ich fand etwas ganz anderes blöd. Beim Losfahren

war es mir nicht so sehr aufgefallen oder vielleicht hatte der Wind da noch nicht so stark geweht, aber jetzt blies er ordentlich, und natürlich von vorn. Dagegen kam man nur mit kräftigem Treten an und mir taten jetzt schon die Beine weh.

»Nicht dran denken«, murmelte ich mir selbst Mut zu und strampelte weiter, ließ mich aber in der Gruppe etwas zurückfallen. Bis ich kam, hatte auch das lahmste Schaf längst den Weg geräumt und stand empört blökend weiter oben auf dem Deich.

Lautes Klingeln direkt neben mir. Ich fuhr einen wilden Schlenker mitten durch die Schafkacke und fast in den Graben. Als ich das Rad wieder halbwegs unter Kontrolle hatte, sah ich mich um. Isabell strahlte mich an. Sie wirkte völlig entspannt, ihre Beine bewegten sich gleichmäßig.

»Alles klar?«

Ich nickte. »Ich hätte allerdings nichts dagegen, schon am Ziel zu sein.«

»Das dauert ja nicht mehr lange. Es sind nur noch fünf Kilometer, sagt Keno. Knapp die Hälfte haben wir schon geschafft.«

Die Hälfte? Erst? Ich überlegte, ob ich anhalten und einen Sitzstreik beginnen sollte.

»Wieso siehst du eigentlich so ausgeruht aus?«, wollte ich wissen.

Sie lachte. »Die Jungs haben da hinten einen Abschleppservice eingerichtet. Ich hab mich abwechselnd von Ben und Justin schieben lassen. Aber jetzt will ich weiter nach vorne.« Winkend trat sie in die Pedale.

So eilig hatte ich es nicht. Im Gegenteil. Die Aussicht auf weitere fünf Kilometer Gegenwind lockte mich nicht, die Vorstellung, geschoben zu werden, hingegen sehr. Ich trat noch langsamer. So dauerte es nicht lang, bis die letzten Radler mich einholten.

»Achtung, hier kommt das Besenfahrrad!« Eine warme Hand legte sich auf meinen Rücken.

Ich drehte mich zur Seite und sah blaue Augen. Also, eigentlich nicht, denn sie waren hinter einer megacoolen Sonnenbrille versteckt, aber es reichte zu wissen, dass sie da waren. Sofort klopfte mein Herz schneller und in meinem Bauch kribbelte es. Ich riss mich zusammen, lächelte Justin kurz an und guckte wieder nach vorne. »Danke!«

»Kein Problem, wir helfen gerne.« Der Druck der Hand auf meinem Rücken verstärkte sich. Jetzt kribbelte es da auch. Aber so kamen wir wirklich gut voran. Eigentlich hätte ich den Abschleppservice gern bis zum Strand genutzt, aber leider sammelten sich immer mehr Hilfsbedürftige. Widerwillig überließ ich meinen Platz der schnaufenden Monja und fuhr das letzte Stück ohne Anschieber. Den warmen Abdruck von

Justins Hand meinte ich immer noch auf dem Rücken zu fühlen.

»Jetzt sind wir gleich da«, verkündete Keno.

Allerdings mussten wir noch auf den Deich hoch. Der Weg war so steil, dass ich dachte, ich würde gleich rückwärts runterrollen, aber irgendwie brachten meine zittrigen Beine mich nach oben. Von der Deichkrone aus sahen wir zum ersten Mal den breiten Sandstrand. Augenblicklich vergaß ich die müden Beine und den schmerzenden Po. Ich schob mein Klapperrad zur Abfahrt, sauste johlend den Deich hinab und schoss in den Sand. Fast wäre ich mit einem Salto über die Lenkstange abgestiegen, als das Vorderrad stecken blieb. Ich tat, als wäre dieses Bremsmanöver volle Absicht gewesen, sprang vom Rad, schlüpfte aus den Sandalen und grub die Zehen in den weichen Sand.

»Ist das schön!« Allein für dieses Gefühl hatten sich die Strapazen der Fahrt gelohnt. Jette kam an meine Seite, gefolgt von Isabell, Sonja und Florian, Justin und Ben. Singend und jubelnd sprangen wir durch den Sand.

»Wir können die Räder hier anschließen.« Wie oft Keno das schon gesagt hatte, wusste ich nicht, wir hatten ihn glatt übertönt. Rasch schoben wir unsere Räder zu den Holzständern, wo Clara unzählige Schlösser aus ihrem Rucksack schüttelte.

Dann endlich liefen wir Richtung Meer. Ich atmete tief ein. Dieser Geruch! Frisch, salzig, mit einer Prise Algen – ich hätte darin baden können. Und genau das hatte ich auch vor.

Während die anderen ihre Handtücher ausbreiteten, ließ ich nur den Rucksack und die Sandalen fallen und stürmte weiter. »Wer zuerst im Wasser ist!«

Im Laufen zog ich mir das Kleid über den Kopf. Es flatterte in meiner erhobenen Hand. Allein der Gedanke, nachher stundenlang im Bikini durch die Gegend zu radeln, hielt mich davon ab, es wie einen Drachen aufsteigen und wegfliegen zu lassen. So landete es nur hinter mir im Sand.

Bis zum Wasser war es ganz schön weit! Ich rannte durch ein paar flache Pfützen, hinter mir hörte ich Schritte und Lachen. Dann hatte ich die Wellen erreicht und sprang durch die Brandung. Hilfe! Ich war im Eisfach gelandet! Egal. Wenn ich am Strand war, wollte ich auch baden. Hinter mir hörte ich die anderen kreischen. Weiter und weiter watete ich hinaus, aber das Wasser reichte mir noch nicht mal zu den Knien.

Jette hüpfte neben mich und spritze mich von oben bis unten nass. Sofort revanchierte ich mich mit einer eisigen Dusche.

»Och neee!« Kichernd sprang sie zur Seite.

»Warum kann man hier denn nicht schwimmen?«, beschwerte ich mich.

Jette lachte. »Ann! Hast du kein Erdkunde?«

»Klar. Aber da reden wir über Berge im Himalaya oder Flüsse in Südamerika. Nicht über die Nordsee.«

»Wattenmeer, Ebbe, Flut«, sagte sie.

»Aha.«

»Heißt, jetzt ist Ebbe und das Wasser fast weg. Später kann man baden. Aber so richtig tief ist es so nah am Strand wahrscheinlich nie.«

Ich sah mich um. Sonja und ein paar andere hatten sich ins Wasser gelegt und ließen die Wellen über sich schwappen. »Das will ich auch! Komm!« Ich zerrte Jette hinter mir her und warf mich in die Wellen.

Eine Sekunde später stand ich wieder. So musste sich ein Kopfsprung in die Tiefkühltruhe anfühlen!

»Stell dich nicht an, Ann!«, rief Sonja. »Du gewöhnst dich dran!«

»Und was sich reimt, das stimmt«, sagte Jette und gab mir einen Schubs. Der Länge nach landete ich in der nächsten Welle. Das Wasser klatschte mir ins Gesicht, schlug über meinem Kopf zusammen, schwemmte Sand in meinen Bikini. Es war nicht nur eiskalt, sondern auch sehr, sehr salzig. Prustend und spuckend tauchte ich wieder auf.

»Hattest du dich nicht beschwert, dass es nicht tief

genug zum Tauchen ist?«, fragte Jette mit unschuldigem Gesicht. »Aber es geht ja doch. Hast du ...«

Weiter kam sie nicht, ich stürzte mich auf sie und warf sie um.

»He! Nicht schubsen!«, Ben pflügte durchs Wasser auf uns zu. »Zumindest nicht ohne uns!«

Vor ihm war Isabell bei uns. »Ich helfe euch!«

Aber auch Ben brachte Unterstützung mit, erst nur Justin und Florian, schließlich alle Jungs vom Karolinenhof und im Nu war die schönste Wasserschlacht im Gange. Ich zog Ben die Beine weg, der gerade Jette untertauchen wollte, da klatschte Justin mir von der Seite eine Wasserfontäne ins Gesicht. Sonja sprang mit lautem Indianergeheul Florian auf den Rücken.

Als jemand meine Füße packte und mich bäuchlings durchs Wasser schleifte, trat ich wild um mich, kam aber nicht frei. Der Klammergriff um meine Knöchel löste sich kein bisschen, im Gegenteil, jetzt kitzelte wer auch immer noch meine Fußsohlen. Fies hoch zehn! Ich schimpfte und hustete, weil ich beim Schimpfen wieder Wasser schluckte, und suchte Halt mit den Händen. Meine Finger bohrten sich in den Boden, ich spürte schwabbeligen Schlamm. Ich zog eine Faust aus dem Wasser. Das war die perfekte Matschbombe! Schlammig, braun, weich. Ich zog ein Bein an, rollte auf die Seite. Wer quälte mich da eigentlich? Blaue Augen, breites Grinsen. Ich ignorierte die Schmetterlinge, die sofort wieder in meinem Bauch losflatterten, zielte und warf.

Treffer! Der braune Matsch klatschte auf Justins Bauch, lief von dort über seine rote Badehose und die Beine hinunter. Vor Schreck ließ er mich los. Ich brachte einen Sicherheitsabstand zwischen uns und streckte ihm die Zunge raus. Er funkelte mich an. »Na, warte!« Im Nu hatte er auch die Hände voll Schlamm, patschte ihn zu einer Kugel zusammen und schleuderte sie in meine Richtung.

Ich duckte mich.

»Iiiiih!«, quietschte Isabell, die die Matschpackung abbekam.

Ohne zu zögern warf sie zurück und erwischte meine Schulter. Der Schmodder spritzte mir bis ins Gesicht. Das roch ganz schön modrig. Während Isabell nun tatsächlich Justin traf, formte ich meine Rache-Matschbombe und klatschte sie Isabell mitten auf den Rücken. Bald schmissen alle mit Matschgeschossen um sich und wir waren ganz allein im Wasser, die anderen Strandbesucher hielten sicherheitshalber Abstand.

Es war eiskalt, es war widerlich matschig, aber es machte riesigen Spaß. Und wir sahen aus wie die Schlickmonster aus dem Wattboden. Vor lauter Lachen konnte ich kaum noch zielen. Außerdem hatte ich Hunger. Aber offensichtlich nicht nur ich.

»Essenspause! Ich verhungere!«, rief ein braun-graues Wesen, das entfernte Ähnlichkeit mit Sonja hatte. Wir versuchten, den Matsch so gut wie möglich abzuspülen. Das war nicht so einfach, vor allem in den Haaren hielt er sich hartnäckig.

»Ich wollte schon immer Pippi-Langstrumpf-Zöpfe haben!« Mit beiden Händen formte ich zwei steife, seitlich abstehende Haarbüschel.

Justin, dem die Haare zu Berge standen, nickte. »Das passt. Vor allem, weil du auch noch lauter Matsch-Sprossen im Gesicht hast.«

So gestylt liefen wir zu den Handtüchern.

Clara, die auf unsere Sachen aufgepasst hatte, starrte uns an wie eine Herde Schafe auf Rollschuhen. »Was ist denn mit euch passiert?«

Keno war mit im Wasser gewesen, hatte sich bei der Schlammschlacht aber rausgehalten. Jetzt lachte er. »Siehst du doch. Wellnessurlaub, erster Teil: Die gute Schlickpackung.«

»Da hinten sind Duschen ...«, setzte Clara an, aber wir hatten uns alle schon auf den Proviant gestürzt.

»Nachher«, schmatzte Sonja. »Sonst werden wir die ersten Gäste auf dem Karolinenhof, die mit gefüllten Brotboxen verhungert sind.«

7

Bevor wir den Schlamm abduschten, veranstalteten wir eine Fotosession. Ich hätte mir in den Po beißen können, dass ich mein Handy wieder nicht mitgenommen hatte. Jetzt konnte ich keine Bilder machen! Und obendrein funktionierten die Telefone hier, ich hätte endlich Mara antworten können! Doppelt blöd!

»Ich schick dir die Bilder«, sagte Florian.

»Wenn Sonja es erlaubt …« Ich schnitt eine Grimasse. So ein Theater wie heute Morgen brauchte ich nicht noch mal, nicht wegen ein paar Fotos.

Jette half mir, die Pippi-Langstrumpf-Betonzöpfe auszuwaschen, was ich ihr nicht leicht machte, weil ich immer wieder kreischend aus dem kalten Wasserstrahl sprang.

»Jetzt halt doch mal still!«

»Geht nicht! Wenn ich stillhalte, friere ich ein. Warum gibt es hier überall nur Eiswasser?«

Justin spritzte mich von der Nachbardusche aus an. »Wer wird denn so empfindlich sein?«

»Ich bin eben Warmduscher«, murmelte ich, holte tief Luft und hüpfte wieder unter den Duschstrahl.

Schließlich waren zumindest die gröbsten Schlammspuren beseitigt.

»Jetzt könnten wir eigentlich die zweite Runde starten«, sagte Sonja. »Ich hab mit einigen noch ein Hühnchen zu rupfen. Oder Schlammbälle zu verteilen …«

»Nach dem Essen nicht gleich wieder ins Wasser!«, mischte sich Keno ein. »Ihr könntet den Kampf an Land weiterführen. Wir haben hier ein Set Beach-Ball, Boule-Kugeln und einen Volleyball.«

Auf überschwängliche Begeisterung stieß dieser Vorschlag nicht, was vielleicht daran lag, dass wir viel zu vollgefressen waren, um uns großartig zu bewegen.

Isabell kramte ein Buch aus ihrem Rucksack, Sonja ließ sich auf ihr Handtuch fallen und streckte alle viere von sich und auch die anderen sahen eher nach Mittagsschlaf als nach Sport aus.

Jette guckte zu mir. »Was ist? Sollen wir ein paar Bälle hin und her schlagen?« Sie griff nach dem Beach-Ball-Spiel.

»Klar.« Mit leichtem Unbehagen dachte ich an meine meist vergeblichen Versuche, in unserem Garten die Federbälle mit meinem Schläger zu erwischen. Mit dem

Gummiball und den Holzschlägern ging das hoffentlich etwas leichter.

Jette drückte mir einen Schläger in die Hand und entfernte sich ein ganzes Stück. Ich rückte ein paar Schritte näher. »Für den Anfang nicht ganz so weit, okay?«

Sie zuckte mit den Schultern und schlug auf. Der Ball sauste irgendwo über meiner rechten Schulter vorbei, so schnell konnte ich kaum schauen, geschweige denn den Schläger heben.

»Sorry!«, rief Jette.

Ich tappte durch den Sand, hob den Ball auf, ging zurück zu meinem Platz und versuchte einen Aufschlag. Die Richtung stimmte, er flog ziemlich dicht an Jette vorbei, aber sie fuchtelte nur wild mit dem Schläger durch die Luft und erwischte ihn nicht. Die nächsten Versuche brachten ähnliche Ergebnisse. Wir schafften keinen einzigen Ballwechsel.

Als der Ball zum dritten Mal dicht neben Florian in den Sand flog, stand er auf.

»Das kann man ja nicht mit ansehen!« Er winkte uns zu sich. »Ihr müsst die Schläger anders halten. So! Ihr schlagt immer schräg nach dem Ball. Ihr müsst ihn aber mit der flachen Seite treffen.«

Er nahm meinen Schläger und demonstrierte, was er meinte. »So geht das!«

Dann gab er mir den Schläger zurück, drehte den

Griff zwischen meinen Fingern und legte seine Hand um meine. »Merkst du den Unterschied?«

Ich nickte. Ich spürte nicht nur, dass der Schläger jetzt irgendwie anders in den Fingern lag, sondern vielmehr die warme, weiche Hand auf meiner. Und das fühlte sich verflixt gut an!

»Dann gezielt schlagen. Nicht herumwedeln, als ob du eine Fliege vertreiben wolltest.«

Ich nickte wieder. Er reichte mir den Ball und ließ meine Hand los. Schade eigentlich. Ich musste grinsen und schüttelte den Kopf. Was waren denn das für Gedanken? Ich interessierte mich doch nicht für Jungs! Und schon gleich gar nicht für solche, die eine Freundin hatten.

Während Florian sich Jettes Schlägerhaltung vornahm, ließ ich den Ball auf meinem Schläger titschen, erst ein bisschen, dann, als ich ihn tatsächlich jedes Mal traf, höher und höher. »Das ist ja gar nicht schwer!«

»Sag ich doch.« Florian legte sich wieder auf sein Handtuch.

»Danke!«

Er hob die Hand und winkte ab. »Reiner Eigennutz. So sinkt die Gefahr, beim Sonnenbad erschlagen zu werden.«

Natürlich wollten wir unsere neu erlernten Fähigkeiten gleich ausprobieren. Wir gingen ein Stück zur Seite, um niemanden in Gefahr zu bringen. »Fang du an!« Ich warf Jette den Ball zu.

Sie schlug auf und tatsächlich gelang es mir, den Ball zurückzuspielen. Der Schlag war nicht ganz gezielt und ziemlich weit, Jette stolperte rückwärts, ließ den Ball nicht aus den Augen, reckte den Schläger hoch und drosch auf den Ball.

Er flog mindestens zwei Meter über meinen Kopf und landete irgendwo hinter mir im Sand.

»Ups! Das war zu fest. Tut mir leid.«

Ich machte mich auf die Suche nach dem Ball. Eigentlich hätte man ihn schon von Weitem sehen müssen, so grell pink wie er war, aber er schien wie vom Erdboden verschluckt. Oder eher vom Sand.

»Hast du gesehen, wo er gelandet ist?«

»Irgendwo da drüben!«, rief Jette und deutete wenig hilfreich auf die komplette rechte Strandseite. Die war groß. Er war doch in Richtung der Strandkörbe geflogen, oder?

Jette wusste es nicht. Florian hatte darauf verzichtet, den Erfolg seines Kurztrainings zu bewundern, und sich mit geschlossenen Augen hingelegt. Da war auch keine Hilfe zu erwarten.

Ich marschierte zum ersten Strandkorb. »Entschuldigung. Ist hier ein kleiner Ball vorbeigeflogen?« Die Frau mit Strohhut hob den Blick von ihrem Kreuzworträtsel, starrte mich an, als hätte ich Chinesisch gesprochen, schüttelte den Kopf und vertiefte sich erneut in ihr Rätsel.

»Entschuldigen Sie bitte. Haben Sie einen pinken Ball gesehen?« Das Paar im nächsten Strandkorb verneinte.

»Habt ihr vielleicht einen kleinen Ball gesehen, der hier vorhin irgendwo gelandet ist?«, fragte ich die Kinder, die vor dem nächsten Korb eine große Sandburg bauten.

»Ja! Das war voll cool!«, rief der kleine Junge.

»Der ist mitten in Mamas Eis gepflatscht!«, versuchte das Mädchen, ihn zu übertönen. »Überall war Eis, nur nicht mehr in der Waffel!«

»Und Papa hat gesagt, wenn er den trifft, dem der Ball gehört, zieht er ihm die Hammelbeine lang!«, trumpfte der kleine Kerl auf. »Gehört er dir?«

Oh, oh. Ohne lange darüber nachzudenken, schüttelte ich den Kopf. Er gehörte mir ja wirklich nicht. Ich hatte ihn nicht mal geschossen!

»Warum willst du dann wissen, wo er ist?«

»Ich ... ich hab ihn vorbeifliegen sehen und mich gewundert, wo er wohl gelandet ist«, sagte ich. Entsprach ja auch der Wahrheit. Zum Glück war den Kindern wohl noch nicht aufgefallen, dass ich einen Beach-Ball-Schläger in der Hand hielt.

Ich schob die Hand mit dem Schläger hinter den Rücken, bedankte mich bei den beiden und huschte in die nächste Lücke zwischen zwei Strandkörben. Wenn Jette nicht mitmachte, würde ich einen neuen Ball für das Spiel kaufen. Besser, als mir die Hammelbeine langziehen zu lassen, war das allemal.

Ich machte mich auf den Rückweg zu unserem Lager. Auf halbem Weg kamen mir Jette, Justin und Ben entgegen. »Wo warst du denn?«

»Ich habe den Ball gesucht.«

»Wo denn das? Wir haben ihn doch längst gefunden.« Ben hielt mir etwas Rundes, Pinkfarbenes vor die Nase.

»Hä? Wo habt ihr den denn her?«

Jette zeigte auf eine Sandburg ein Stück weiter. »Er lag hier im Burggraben.«

»Nee, oder?« Ich erzählte ihnen die Geschichte vom Ball im Eis. »Dann muss tatsächlich noch jemand hier am Strand so toll spielen wie wir.« Ich grinste. »Was für ein Glück, dass der Papa mir nicht die Hammelbeine langgezogen hat, für einen Treffer, mit dem ich rein gar nichts zu tun hatte.«

»Aber echt. Ich finde die Länge deiner Beine so genau richtig«, sagte Justin. »Länger würde seltsam aussehen, wie Giraffe oder so.«

Ich sah ihn an und in meinem Bauch begann es wieder wie verrückt zu kribbeln. Was sollte denn das? Zu allem Überfluss spürte ich, dass ich einen knallroten Kopf bekam.

»Ist ja noch mal gut gegangen«, nuschelte ich. »Aber jetzt hab ich keine Lust mehr auf kleine Bälle.«

»Wie wäre es mit Volleyball?«, schlug Ben vor. »Dort drüben steht ein Netz und der Platz ist gerade frei.«

»Von mir aus.« Ich musste ja nicht gleich rausposaunen, dass ich Volleyball ungefähr so brillant beherrschte wie Beach-Ball. In der Schule wollte mich keiner in der Mannschaft haben und ich hatte volles Verständnis dafür. Ann und Bälle, egal, ob groß oder klein, das passte einfach nicht.

Eine Demonstration meines Nicht-Könnens blieb mir allerdings erspart, Keno und Clara hatten alle Bälle in Fahrradkorb und Satteltasche verstaut und waren gerade dabei, die sonnenmüde Meute von den Handtüchern zu scheuchen.

»Können wir nicht noch ein bisschen bleiben?«, bettelte Sonja.

Clara schüttelte den Kopf. »Nee. Ihr hattet genug Sonne. Außerdem wartet Imke mit Waffeln. Und der Weg ist ja auch nicht gerade kurz.«

Ach du grüne Neune! Das hatte ich ja völlig verdrängt! Beim Gedanken an die Gewalttour mit dem Rad wurden meine Beine ganz weich und zittrig.

»Ich muss erst mal was trinken«, krächzte ich. Meine Stimme hörte sich seltsam an.

»Oh! Jetzt nicht umkippen!« Justin packte mich am Arm. »Aber keine Sorge, ich bin Schulsanitäter und kenne mich mit so was aus!«

Halb schleifte, halb führte er mich zu meinem Handtuch. Ich konnte nur auf die Hand an meinem Arm starren. Das Kribbeln war wieder da. Und wie! Jette fasste mit an, in Null Komma nichts lag ich auf dem Rücken, die Beine in der Luft, von Jette gehalten. Sofort scharten sich alle um mich. Total peinlich! Justin kniete hinter mir und hob nun sanft meinen Kopf auf seine Beine.

Mein! Kopf! Auf! Seinen! Beinen! Oh Gott!!! Sein Gesicht ganz nah über meinem. Mein Herz raste.

»Was ist passiert?« Keno drängte sich durch die Schaulustigen. Er legte mir eine Hand auf die Stirn, sah mir in die Augen und fühlte meinen Puls. Hoffentlich merkte er nicht, wie sehr mein Herz galoppierte.

»Ich muss nur was trinken«, flüsterte ich.

»Vielleicht ein bisschen viel Sonne«, meinte er und kramte in seinem Rucksack. Er reichte mir eine Packung Traubenzucker und eine Wasserflasche.

»Setz dich langsam auf und lutsch das. Trinken nicht vergessen.«

Ich rappelte mich vorsichtig auf und verschaffte mir genug Abstand zu Justin. Mein Herzschlag beruhigte sich langsam. Justin öffnete die Wasserflasche und überwachte streng, dass ich genug trank.

»Meinst du, du schaffst den Weg?«, fragte Keno. »Sonst rufe ich Björn mit dem Transporter an.«

Das fehlte gerade noch, dass ich wie ein krankes Tier zurückgekarrt wurde.

»Ich glaub schon.«

»Zur Not schiebe ich dich«, sagte Justin.

Ich biss mir auf die Lippen, um nicht »Oh, jaaaa, bitte!« zu säuseln, nickte stattdessen kurz und griff nach meinen Sandalen. Bloß woanders hingucken!

Clara hatte die Schlösser alle gelöst, also machten wir uns auf den Weg zu den Rädern. Justin trug meinen Rucksack und Jette wich mir nicht von der Seite. Die Schwäche war wie weggeblasen, ein Hoch auf den Traubenzucker, ich fühlte mich richtig gut.

Wir waren gerade dabei, die Fahrräder auseinanderzusortieren, als ich den Ruf hörte. Eine helle Kinderstimme. »Da, das ist sie!«

Ich drehte mich um. Die beiden Kinder, die ich vorhin bei der Ballsuche getroffen hatte, zeigten auf mich und zogen einen großen Mann mit dunklen Haaren und einem sehr breiten Brustkorb hinter sich her. Oh, oh.

Jette und Justin sahen mich fragend an. Ich wisperte »Hammelbeine!« und brachte mein Fahrrad zwischen mich und die heranstürmende Familie. Justin wollte sich dem Kerl heldenhaft in den Weg stellen, wurde aber unsanft zur Seite geschoben. Ein bisschen erinnerte der Typ mich an Tarzan aus dem Disney-Film. Er kam so dicht vor mir zum Stehen, dass unsere Nasen sich fast berührten.

»Sie hat den Ball gesucht«, quäkte eins der Kinder. Verräter!

»Stimmt das?« Die Stimme hatte was von Donnergrollen.

Ich machte einen Schritt zurück. Schluckte. Holte Luft. Und piepste: »Nicht ganz.«

»Was soll das denn heißen!«, donnerte er.

Keno trat mit leicht genervtem Gesichtsausdruck heran. Klar, für ihn hatte ich wahrscheinlich schon den Stempel mit der Aufschrift »Problemgast« auf der Stirn.

»Kann ich helfen?«

Der Strandtarzan funkelte ihn an. Dann hob er eine seiner riesigen Hände. »Gehört das euch?«

Der schwarze Beach-Ball wirkte in seiner Handfläche wie eine kleine Murmel.

»Nein«, sagte Keno. »Unserer ist pink und soweit ich weiß, ist er noch da.«

Ich nickte. »Genau das meinte ich. Ich habe unseren Ball gesucht. Den pinken. Mit dem da«, ich zeigte auf den Unglücksball, »mit dem haben wir nichts zu tun.«

Er schob seine Nase wieder ganz nah an meine. »Und die Geschichte soll ich glauben?«

Ich wich zurück und schob mein Fahrrad zwischen die anderen. »Ich würde nie mit dem Ball eine Eiswaffel treffen. Ich treffe nämlich gar nichts.«

»Das kann ich bestätigen.« Florian hatte sich neben mich gestellt und sah dem Strandtarzan unerschrocken in die Augen. »Sie trifft nie, nicht mal zufällig.«

»Und deshalb müssen Sie mir auch nicht die Beine langziehen«, sagte ich. Leider kam es etwas piepsiger heraus als geplant.

Der Mann starrte mich an. »Was? Beine langziehen? Wer sagt denn so was?«

Jetzt zeigte ich mit ausgestrecktem Finger auf die Kinder. Rache war süß! »Na, die beiden da.«

Er stemmte die Hände in die Hüften und beugte sich zu den kleinen Nervensägen. »Ich glaube, eure Hammelbeine müssen mal ein wenig langgezogen werden ...«

Die Kinder johlten vor Vergnügen. »Ja, Papa, Beine langziehen! Und Flugzeug spielen!«

Ohne uns noch einen Blick zu gönnen, tobte der Strandtarzan lachend mit seinen Kindern davon.

»Was du für Leute kennst ...« Keno schüttelte den Kopf.

»Den kannte ich ja bis gerade eben gar nicht. Nur

seine Kinder.« Ich schwang mich in den Sattel und strampelte im Rekordtempo den Deich hinauf. Nichts wie weg, bevor noch etwas Peinliches passierte.

Clara hielt das erste Schafgatter offen. Justin rollte neben mich und bot seine Dienste als Motor an, aber ich schüttelte nur den Kopf.

Da, wo wir vormittags kaum vorwärts gekommen waren, wehte nun ein freundlicher Rückenwind.

8

Verdreckt und verschwitzt, wie wir waren, stürmten wir den schön gedeckten Tisch im Garten und machten uns über Imkes leckere Waffeln her.

»Ich möchte jetzt bitte morgens, mittags und abends Waffeln!«, rief Isabell.

Sehr gute Idee! Die schmeckten wirklich traumhaft! Zum Glück hatte Imke einen riesigen Stapel gebacken.

Danach rangelten alle um die Reihenfolge der Badezimmerbenutzung. Als Monja und Sonja sich in die Haare bekamen, wer nun zuerst unter die Dusche durfte, brachte Imke eine Schachtel Streichhölzer.

»Sie sind alle unterschiedlich lang. Kurz fängt an, dann der Länge nach weiter.« Sie ließ uns alle ziehen. »Wie ihr seht, sind wir bestens ausgerüstet, um Streit unter unseren Gästen zu verhindern.«

Ich hatte Glück und erwischte das kürzeste Streichholz. Ab morgen erst abends duschen, notierte ich innerlich und schäumte meine Haare gründlich ein, die sich durch Salz und Schlick anfühlten wie aus Pappe.

Sollte ich sie föhnen? Aber wozu? Die Sonne schien und es war noch sehr warm. Wie heute Morgen lief ich mit tropfenden Haaren die Treppe hinunter und auf den Hof. Imke machte sich gerade im Kuhstall zu schaffen.

»Ach, Ann, ich habe gedacht, dass du vielleicht wieder die Hühner füttern möchtest?« Zwei Eimer hatte sie außerhalb des Geheges abgestellt.

»Klar, warum nicht.« Leise pfeifend machte ich mich auf den Weg zu meinen gefiederten Freunden. Gretel hockte mit ein paar anderen Hühnern neben dem Haus im Sand und gackerte vor sich hin. Ich kletterte auf den Zaun und warf von dort das Futter ins Gehege. Hänsel kreiste wie ein Wildgewordener flatternd unter mir und hackte hin und wieder nach meinen Füßen, während seine Mädels friedlich pickten.

»Du bist ein alter Angeber.« Ich warf ein paar Körner genau auf seinen Kopf. »Morgens schlägst du dir den Bauch voll und abends machst du immer einen auf wilden Mann. Glaub nicht, ich hätte dich nicht durchschaut.« Ich wartete, bis er sich wieder dem Essen zugewandt hatte und hüpfte ins Gehege, einen leeren Eimer einsatzbereit in der Hand.

Gretel sah mich erwartungsvoll an. Ich guckte noch

einmal zu ihrem Chef, der nun eifrig pickte, dann hielt ich Gretel den leeren Eimer hin. »Los, rein da. Du darfst mitkommen.«

Als hätte sie verstanden, flatterte Gretel in den Eimer und blieb brav darin sitzen, während ich sie quer über den Hof zur Scheune trug.

Das Holztor quietschte leise und in den hereinfallenden Sonnenstrahlen schwebten Staubkörnchen. Hier drin war es ganz still. Ich tappte zu einem Heuballen an der Seite der Scheune, setzte mich hin und lehnte den Rücken gegen die Wand. Dann hob ich Gretel aus dem Eimer auf meinen Schoß. Sie betrachtete erst mich und ihre neue Umgebung ausgiebig, bevor sie sich auf meine Beine kuschelte.

»Danke, dass du mir zuhörst.« Ich streichelte ihren Kopf. »Sonst weiß ich nämlich nicht, mit wem ich reden kann ... Die anderen kennen sich alle so gut aus und haben Freunde, oder zumindest fast. Nur ich nicht. Und bis gestern wollte ich auch keinen. Du weißt ja, Maras Schwester, gacker, gacker. Aber was soll ich tun? Ich muss immer an seine blauen Augen denken! Und dieses Kribbeln und Krabbeln im Bauch, wenn er mich ansieht!« Ich biss mir auf die Lippen. Das zuzugeben, war sogar einem Huhn gegenüber nicht leicht, besonders nicht, wenn es so kritisch schaute wie Gretel. »Ich glaube, dass ich dann auch nur noch hirnlos flattere und gackere.« Ich vergrub mein Gesicht in den weichen Federn. »Wahrscheinlich denkt er, ich wäre total blöd«, beendete ich meine Beichte.

Gretel blieb cool. Sie wuschelte mit dem Schnabel durch meine immer noch feuchten Haare und zog hin und wieder etwas fester an einer Strähne. Beruhigende Kopfmassage? Ich hob das Gesicht und sah direkt in die Hühneraugen. »Vielleicht wollte Willibald mich gestern zu Justin führen! Dann hatte das Kaugummi-Orakel doch recht und ich habe Jette zu unrecht ausgelacht.«

Gretel gackerte los. Vom Orakeln hielt sie wohl nicht viel. Sie pickte zwei, drei Mal sanft auf meinen Handrücken, dann steckte sie den Kopf ins Gefieder und schlief ein.

Ich lachte. »Na, besonders spannend scheint meine Geschichte ja nicht gewesen zu sein! Dabei finde ich die Sache sehr aufregend.«

Ich lehnte mich zurück und dachte an den Tag am Strand. Die Hand auf meinem Rücken bei der Hinfahrt. Die Schlammschlacht. Mein Kopf auf seinen Beinen. Die blauen Augen …

Ich konnte es drehen und wenden, wie ich wollte – ich mochte Justin sehr. Und er? Mochte er mich auch? Ich setzte mich auf. »Wie kann ich das denn rausfinden?« Er war nett zu mir, keine Frage. Aber wenn ich ehrlich war, war er das zu allen. Nett und hilfsbereit. Ich seufzte. »Das ist so kompliziert.«

Das sah Gretel wohl ähnlich, und sie wollte sich nicht mit meinen Problemen belasten, wenigstens blieb ihr Kopf in Schlafhaltung. Ich seufzte tief, hob sie von meinen Beinen und setzte sie wieder in den Eimer. »Morgen befragen wir das Kaugummi-Orakel, Gretel. Okay?«

Ein Blick auf die Uhr verriet mir, dass ich schon wieder knapp dran war zum Abendessen. Rasch verließ ich die Scheune, brachte Gretel nach Hause und lief zum Speisesaal.

Fast alle saßen schon. Auf den Tischen dampften große Terrinen mit Suppe. Suppe mitten im Sommer? Aber zu meiner großen Überraschung tat die Wärme im Magen sehr gut. Ich nahm mir nach – und entdeckte die Gänseblümchen.

Ein kleiner Strauß, vier Blüten, sorgsam zusammengebunden mit einem breiten Grashalm, lag neben meinem Teller, halb verdeckt von der gefalteten Serviette. Ich guckte über den Tisch. Hatte jeder so etwas bekommen? Aber nirgendwo sonst waren Blumen zu sehen. Wo kamen die her? Und wieso lagen sie bei mir?

Ich sah in die Runde. Jette quatschte mit Isabell. Sonja und Florian diskutierten irgendetwas mit Ben und Justin. Keiner schien den Blumen Aufmerksamkeit zu schenken, keiner beobachtete mich. Kamen sie etwa vom anderen Tisch?

Gerade, als ich mich umdrehen und die Leute dort genauer unter die Lupe nehmen wollte, sah Justin hoch, direkt zu mir. Ich war wie gefangen von seinen Augen. Hoffentlich machte ich kein zu dämliches Gesicht! Er zwinkerte mir zu, lächelte kurz, und wandte sich wieder Ben und Florian zu.

Meine Wangen brannten. Die Suppe hatte ich ganz vergessen. Ich griff wieder zum Löffel und aß weiter. Die andere Hand legte ich vorsichtig um den kleinen Blumenstrauß.

9

Am nächsten Morgen war ich vor Sonja wach. Ich blieb im Bett liegen und lauschte. Woher kam dieses leise Pochen? Regnete es etwa? Ich schlich zum Fenster und linste durch die Vorhänge. Draußen war alles grau und nass und es regnete Bindfäden. Wie gut, dass ich doch die peinliche Regenkombi eingepackt hatte, die Mama so furchtbar wichtig fand. Und Gummistiefel. So leise wie möglich kramte ich alles unten aus dem Schrank und schlüpfte hinein. Im Haus rührte sich noch nichts. Ein Blick zu Sonja, die zusammengerollt unter der Decke lag und nicht so aussah, als würde sie das Bett in nächster Zeit verlassen wollen.

Ich schlich aus dem Zimmer und die Treppe hinunter. Die Haustür stand offen. Also waren Imke und Björn wohl schon auf den Beinen. Der Sulky stand auf dem Hof, und als ich auf den Hof trat, kamen Florian und Björn mit den beiden Ponys am Zügel um die Ecke.

Hofhündin Shaun umsprang sie schwanzwedelnd. »Hallo! Wo ist denn ihr wolliger Freund?«, fragte ich Björn.

Der grinste und sah mich von Kopf bis Fuß an. »Moin! Das nenn ich mal 'ne Expeditionsausrüstung! Respekt!« Er schob sein Pony – Ping oder Pong – auf die eine Seite der Deichsel. »Willibald führt heute unsere Schafherde auf den Salzwiesen an und soll sich ruhig richtig satt fressen. Da ist Shaun immer furchtbar eifersüchtig. Aber nach einiger Zeit ohne ihn erinnert sie sich wieder daran, dass sie eigentlich ein Hund ist.« Er tätschelte ihr den Kopf.

Florian hatte sein Pony – Pong oder Ping? – schon angeschirrt und machte sich nun an den Riemen des anderen zu schaffen. Björn sah im zu. »Wisst ihr was? Warum fahrt ihr heute nicht mal zum Bäcker? Flo, du kennst den Weg und weißt, was wir brauchen, oder? Dann helfe ich Imke im Stall.«

»Kein Problem.« Florian schob dem wenig begeisterten Pony das metallene Gebiss ins Maul und schloss alle möglichen Schnallen. Dann wies er mit einer kleinen Verbeugung auf die schmale Sitzbank. »Bitte einsteigen.«

Ich kletterte in den Sulky und klammerte mich am Rand fest, als das Wägelchen sich wackelnd in Bewegung setzte.

»Angst?«, fragte Florian. Ich schüttelte den Kopf und zwang mich, den Griff zu lockern. Er klatschte mit den Zügeln auf die runden Ponypopos, und Ping und Pong setzten sich in Trab.

»Welcher ist eigentlich welcher?«, fragte ich.

»Links Ping, rechts Pong«, kam die Antwort ohne Zögern.

»Woher weißt du das so genau?«

Er lachte. »Das ist ganz einfach. Ping hat einen weißen Stern auf der Stirn und vier weiße Füße. Pong nicht. Ist dir das noch nicht aufgefallen?«

Ich schüttelte den Kopf. Bis gerade eben hatten die beiden Ponys für mich absolut gleich ausgesehen. Vielleicht sollte ich zur Abwechslung mal wieder mehr auf meine Umwelt achten und nicht nur an blaue Augen denken.

Florian lenkte die Ponys über wenig befahrene Straßen in den nächsten kleinen Ort. Wir banden sie vor der Bäckerei an. Hier gab es tatsächlich eiserne Ringe dafür!

Während Florian einkaufte, blieb ich bei den Ponys stehen und streichelte ihre Nasen. Tatsächlich sahen sie total unterschiedlich aus. Und Pong war viel frecher als Ping. Er knabberte gerade an meinem Ärmel, als Florian mit zwei großen Taschen zurückkam.

Auf dem Rückweg musste Florian die Ponys immer

wieder zügeln, wäre es nach ihnen gegangen, wären wir im gestreckten Galopp über die Wege geprescht. Ich klammerte mich am Sulky fest und drückte mit dem anderen Arm die Brötchentüten an mich, während wir kräftig durchgeschüttelt wurden.

Auf dem Hof stand Justin im Hühnergehege und winkte uns zu.

»Kann ich dir irgendwie helfen?« Allein der Anblick der unzähligen Riemen und Schnallen an den Ponys machte mich nervös. Florian guckte mich grinsend an. »Um Himmels willen, bloß nicht! Nachher ist alles verknotet. Bring du doch schon mal die Tüten rein.«

Ich sauste zum Haus, stellte die Brötchen ab und schlenderte dann zum Hühnerstall. Mitten auf dem Hof erinnerte ich mich daran, was ich anhatte. Oh nein! Quietschgelbe Regenkleidung! Am liebsten hätte ich mir die peinlichen Klamotten auf der Stelle vom Leib gerissen, aber nachdem Justin mich schon darin gesehen hatte, hätte das jetzt sehr seltsam gewirkt.

Also lief ich weiter, als würde ich Jeans und eine coole Jacke tragen. Und Chucks und keine Gummistiefel. Und diesmal würde ich weder stottern noch Unsinn reden!

Justin war nicht halb so gut ausgerüstet wie ich. Mit triefenden Haaren, durchnässter Jacke und quatschenden Schuhen sah er aus wie eine ertränkte Katze. »Hast du's gut!«, sagte er mit einem Blick auf meine Regenkleidung.

»Ist dir nicht kalt?«, stellte ich die erste vernünftige Frage.

Er zuckte mit den Schultern. »Geht so.«

Über seine Schulter schielte ich nach Gretel. Wahrscheinlich saß sie bei dem Wetter im Haus.

»Hast du Hunger? Wir haben Brötchen geholt.« Juhu, mein zweiter sinnvoller Gesprächsbeitrag. Innerlich klopfte ich mir auf die Schulter.

»Natürlich.« Er sah vom Sulky zu mir und zurück. »Kannst du das Ding fahren?« Ich schwöre, ich wollte den Kopf schütteln. Was auch sonst, ich hatte ja keinen blassen Schimmer von Pferden und Kutschen. Keine Ahnung, wer an meiner Stelle so begeistert nickte und sprach: »Klar, kein Problem. Vielleicht holen wir ja mal zusammen die Brötchen?«

Er nickte und strahlte mich an. Toll. Wie kam ich da wieder raus? Ich würde Imke um Hilfe bitten müssen.

»Dann geh ich mal Tisch decken.« Ich ließ ihn einfach stehen, bevor ich noch mehr Blödsinn verzapfte.

Im Haus schlüpfte ich aus der Regenmontur und stellte die Gummistiefel hinter der Tür ab.

Jette, Isabell und Sonja saßen schon am Tisch.

»Hast du bei dem Wetter geholfen?«, fragte Jette.

»Ja, klar. Tiere haben auch bei Regen Hunger. Genau

wie wir.« Grinsend stellte ich die Brötchentüten auf den Tisch.

»Wer war noch da?«, fragte Sonja.

Jetzt bloß in kein Fettnäpfchen tappen! »Justin. Und Florian«, sagte ich so natürlich wie möglich.

»Aha.« Sie musterte mich, sagte aber nichts weiter.

»Was machen wir denn bei diesem Regen den ganzen Tag?«, seufzte Isabell. »Das ist doch blöd!«

»Ist es gar nicht«, erwiderte Imke, die gerade mit einem Tablett mit Kakao und Tee hereinkam. »Lasst euch einfach überraschen, was Clara und Keno vorbereitet haben.«

Nach dem Frühstück plünderten wir die Spielesammlung. Jette, Ben und ich schnappten uns die Würfel für eine Partie Kniffel.

»Die Dinger sind kaputt!«, beschwerte ich mich, nachdem nichts klappte. Die anderen warfen Pasche und eine Straße nach der anderen, ich sammelte nur mickrige Einser und Zweier, die ich gar nicht brauchte.

»Pech im Spiel, Glück in der Liebe.« Jette sah mich durchdringend an. »Oder nicht?«

»Weiß nicht«, murrte ich. Dieses Thema würde ich garantiert nicht hier vor allen ausbreiten!

»Ich glaub schon«, sagte Jette und grinste wie eine Katze, die gerade am Sahnetopf genascht hat.

»Kann ich später das Orakel befragen?«, flüsterte ich. »Allein?«

»Allein ist doch langweilig!«

»Ich will aber nicht, dass jemand zuhört. Außer dir«, erklärte ich.

»Na gut.« Sie würfelte ihre fünfte Vier. »Kniffel!«

Bis Keno und Clara kamen, hatten wir drei Runden gespielt und ich hatte jedes einzelne Spiel mit Abstand verloren. Die beiden waren heute schwer beladen mit einem alten Schrankkoffer und einer etwas moderneren Sporttasche.

Wir versammelten uns wieder an den Tischen. Auf dem Weg zu meinem Stuhl blieb ich wie erstarrt stehen. Da lagen schon wieder Gänseblümchen! Ein kleiner Strauß offensichtlich frisch gepflückter Blumen, die Blütenblätter waren noch feucht vom Regen. Wie war der dort hingekommen? Und diesmal sah nicht nur ich ihn.

»Gehört der dir?«, fragte Jette.

Ich zuckte mit den Schultern.

»Wieso weißt du das nicht?«

»Weil ich keine Ahnung habe, wer die hier hin legt! Gestern war auch schon einer da.«

Mit großen Augen starrte sie mich an. »Du hast einen Verehrer!«, hauchte sie. »Wir müssen unbedingt das Orakel befragen!«

Aber vorerst gab es dazu keine Gelegenheit. Keno und Clara hatten nämlich große Pläne.

»Wir reisen heute durch die Zeit«, verkündete Clara. »Auf den Karolinenhof vor etwa hundert Jahren. Dort wird ein Mord geschehen. Jeder von euch übernimmt eine Rolle, Gutsherr, Stallmeister, Köchin, Polizist, was auch immer, und bekommt Informationen, die er den Mitspielern geben kann – oder auch nicht. Jeder versucht herauszufinden, wer der Mörder ist.«

Keno verteilte Stofftaschen, die die Kostüme und Rollenbeschreibungen enthielten. »Am besten geht jeder eine halbe Stunde auf sein Zimmer, zieht sich um und bereitet seine Rolle vor.«

Ich öffnete meinen Beutel.

»Wer bist du?« Neugierig drängte Jette sich neben mich.

»Die Hauslehrerin!« Ich schnitt eine Grimasse. »Na, super. Die war bestimmt total langweilig.«

»Aber vielleicht hat sie trotzdem den Mord begangen? Alles ist möglich!« Sie kicherte. »Ich bin der Kommissar und werde den Fall lösen!«

Ich schlüpfte in den langen Rock und die mit einer Brosche am Hals geschlossene Rüschenbluse der Lehrerin und legte mich vorsichtig aufs Bett, um meinen Text zu lernen.

Plötzlich baumelte eine bunte Tüte zwischen meinen Augen und dem Papier.

»He!« Ich setzte mich auf.

Jette raschelte mit der Kaugummitüte. »Los, die Gelegenheit ist günstig, Sonja und Isabell sind unten geblieben, keiner hört dich.«

Ich guckte auf ihr Kostüm, die blaue Uniform, die Kappe und den angeklebten Schnauzbart. »Ich glaube, das ist keine gute Idee. Sonst ist dein Kommissarbart gleich total verklebt.«

»Oh, Mist, den hatte ich total vergessen! Ja, stimmt, dann warten wir besser. Aber du kannst ja schon mal eine Farbe aussuchen.«

Ich zögerte keine Sekunde. »Blau!«

»Okay.« Sie legte eine Kugel zur Seite und setzte sich neben mich. »Soll ich dich schon mal befragen?«

»Ich sage gar nichts ohne meinen Anwalt«, erklärte ich kichernd.

Im Speisesaal hatten Keno und Clara einen Stuhlkreis aufgestellt. Alle mussten sich setzen. Kommissar Jette übernahm die Gesprächsführung. Ich erklärte meinem Text gemäß, dass ich gern auf dem Karolinenhof unterrichtete, wenngleich die jungen Leute immer ungestümer und respektloser wurden. Wobei ich meinen Schülern natürlich keine Respektlosigkeiten durchgehen ließ. Ich hatte ein Zimmer im Haus und in der Mordnacht fest geschlafen, also konnte ich dem Herrn Kommissar auch nicht behilflich sein. Zumindest behauptete ich das sehr überzeugend.

Und staunte nicht schlecht, als wenig später Küchenjunge Ben meldete, er hätte mich in der betreffenden Nacht lange nach Mitternacht draußen auf dem Hof gesehen, gleich beim Komposthaufen.

Hatte ich eine Doppelgängerin, erzählte der Küchenjunge Unwahrheiten oder log ich etwa?

Gutsherr Justin sprang mir zur Seite und schwor, er könne sich nicht vorstellen, dass ich etwas mit der grausamen Tat zu tun hätte, schließlich hätte ich mich ihm und seiner leider ums Leben gekommenen Frau gegenüber stets korrekt verhalten.

Aha, seine Frau war also das Opfer. In mir wuchs ein fürchterlicher Verdacht. War ich die Mörderin? Und warum deckte mich mein Chef? »Darf man sich auch selbst anzeigen?«

Jette Kommissar schlug die Hände überm Kopf zusammen. »Nein! Jetzt noch nicht! Wie soll ich denn so meine Arbeit tun?«

Ich hielt den Mund und schielte zu Justin hinüber. Er blinzelte mir wieder zu. Meinte er mich oder meine Rolle?

Jette studierte ihren Notizblock. »Meine Damen und

Herren, ich werde jetzt den Täter überführen. Die Täter, besser gesagt! Herr Gutsherr und Frau Hauslehrerin, treten Sie bitte näher!«

Ui, was kam jetzt? Wir standen auf. Justin nahm meine Hand und tätschelte sie beruhigend. Ich fühlte, wie mir das Blut in den Kopf schoss und zog die Hand mit einem Lächeln weg.

»Reden wir nicht lange um den heißen Brei herum. Sie sind also verliebt?« Jette sah uns durchdringend an.

Wenn möglich, wurde ich noch röter. »Nein! Natürlich nicht!«, rief ich.

»Wozu jetzt noch leugnen«, sagte der Gutsherr. »Ja, ich bin verliebt in diese wunderbare Frau.«

In meinen Ohren rauschte es. Wie konnte er das einfach so sagen, laut und vor allen? Ich brachte nicht mehr als ein schwaches Nicken zustande.

Jette klatschte in die Hände. »Wusste ich es doch! Dann ist die Lösung sehr einfach. Sie saßen hier am Kamin zusammen, als Ihre Ehefrau, die Gutsherrin, sie überraschte. Sie haben sie getötet und die Leiche im Garten vergraben.« Triumphierend sah sie in die Runde. »Richtig?«

Die flotte Kommissarin bekam Applaus.

Keno und Clara hatten einen zweiten Krimi vorbereitet. Zum Glück war ich diesmal nur ein Hausmädchen ohne wichtige Rolle, sodass ich nicht viel Text hatte.

Meine Gedanken waren sowieso nur bei Justin, unseren Rollen eben und seinen Augen. Da ganz besonders oft.

Die Ermittlungen im zweiten Fall zogen sich bis zum Mittagessen hin. Dann wurde die Köchin Sonja als Mörderin entlarvt.

»Nach dem Essen ist eine Stunde Mittagsruhe«, verkündete Keno.

»Och nö! Sollen wir etwa schlafen?«, protestierte Sonja.

»Nein. Aber ruhig sein. Am besten in den Zimmern. Aber hier unten dürft ihr euch auch aufhalten – leise. Nachher gibt es dann noch ein Spiele-Turnier für die, die Lust darauf haben.«

10

Nachdem Jette endlich ihre dritte Portion Pudding aufgegessen hatte, zog ich sie hoch ins Muschelherz. Isabell lag auf ihrem Bett und las. Sonja war wohl mit Florian unten geblieben. Ich zögerte. Sollte ich das Orakel vor Isabell befragen? Da bemerkte ich, dass sie Kopfhörer trug und im Takt einer für uns unhörbaren Musik mit dem Fuß wippte.

So konnte es funktionieren. Wir setzten uns auf Jettes Bett und sie griff nach dem Kaugummi.

»Warte! Ich will dich erst was fragen. Ohne Orakelei.«

»Schieß los.«

»Ich … du … er …« Ich raufte mir die Haare. War das schwierig! »Also, was ich sagen wollte … Ich fand noch nie einen Jungen gut. Also, so richtig gut. Mit Bauchkribbeln und allem Drum und Dran.«

Jette nickte.

»Und jetzt ist es so … woher weiß ich denn, ob er das auch fühlt?«

Jette knabberte an ihrer Unterlippe. »Möglichkeit eins: Frag ihn!«

Ich schüttelte entsetzt den Kopf.

»Möglichkeit zwei: Beobachte ihn gut. Möglichkeit drei: Befrag das Orakel.«

Ich hatte auf eine unkomplizierte, eindeutige Lösung gehofft. Aber nun würde ich eben das Orakel befragen.

Jette schob sich den Kaugummi in den Mund und kaute kräftig. »Fang an!«

Ich räusperte mich. Meine Hände waren feucht. Wie albern war das denn? Das hier war doch nur ein Spiel! »Also … es gibt da einen Jungen, den ich sehr mag. Mag er mich auch?«

Ich hielt die Luft an, während Jette eine riesige Blase pustete. Das war ja wohl eindeutig.

»Schenkt er mir die Blumen?«

Wieder eine große Blase.

»Wird er mir seine Gefühle irgendwann deutlicher zeigen?«

Die Blase kam kaum über die Lippen hinaus. Verflixt!

»Was soll ich denn nur tun?«

Jette öffnete die Augen. »Du tust erst mal gar nichts. Außer weiterhin freundlich zu allen sein. Ich bin der

Kommissar, denk dran. Ich werde herausfinden, was Sache ist!«

»Das würdest du für mich machen?« Ich wusste gar nicht, was ich sagen sollte.

Jette nickte. »Ist doch kein Problem. Du brauchst Hilfe und ich ermittele gerne.« Sie grinste mich an. »Wer hätte gedacht, dass der Urlaub hier so spannend wird?«

Das konnte sie laut sagen. Nicht im Traum hätte ich gedacht, dass die Ferien solche Verwicklungen mit sich bringen würden. Wirklich schade, dass Mara nicht hier war. Aber … hätte ich mit ihr überhaupt richtig über dieses Thema quatschen können? Wo sie Jungs doch genauso doof fand wie ich eigentlich? Vielleicht war es gar nicht so schlecht, dass ich hier andere Beraterinnen hatte. Jette und Gretel. Allerdings freute ich mich schon sehr darauf, Mara später von dem ganzen Kuddelmuddel zu berichten, ganz egal, wie es ausgehen mochte. Diese Geschichte war eindeutig nicht für Elternohren gedacht.

»Ach, eins solltest du mir vielleicht noch sagen. Nur, damit ich nicht den Falschen belauere. Es geht doch um Justin?«, fragte Jette.

Ich konnte es nicht aussprechen. Aber nicken, das ging. Wie ein Wackeldackel. Fehlte nur noch, dass ich anfing zu sabbern! Ganz unrecht hatten Mara und ich bei der Beobachtung verliebter Mädels vielleicht doch nicht gehabt.

»Was ist mit Justin?«

Vor Schreck fiel ich fast vom Bett. Isabell hatte sich aufgesetzt, die Kopfhörer hingen ihr um den Hals. Wie lange hatte sie schon zugehört? Ich brachte kein Wort raus.

Jette hatte da weniger Probleme. »Hast du etwa gelauscht?«

»Blödsinn!« Isabells Wangen färbten sich rot. »Wenn ihr Geheimnisse habt, solltet ihr vielleicht besser flüstern. Oder euch gleich einen anderen Raum suchen.«

Jette zuckte mit den Schultern. »Wir haben keine Geheimnisse.«

»Was ist denn nun mit Justin?« Isabell war hartnäckig.

Jette verdrehte die Augen. »Wir haben nur über die Jungs hier auf dem Hof geredet und dabei festgestellt, dass wir beide Justin ziemlich cool finden.«

»Das ist er ja auch.« Isabell seufzte. »Diese Augen! Und er ist so nett! Wobei Ben auch nicht schlecht ist. Und Flo, aber der steht ja rund um die Uhr unter strenger Bewachung. Allerdings kann ich Sonja verstehen, ich würde ihn auch nicht aus den Augen lassen.«

»Und was ist mit deinem Finn?«, fragte ich.

»Ja, der ... ich weiß ja gar nicht, ob der mich wirklich

mag. Ich warte natürlich, ob er sich meldet. Nur kann er das hier ja schlecht, wenn mein Handy nicht geht! Aber wenn es ihn nicht gäbe … ich glaube, dann würde ich mein Glück bei Justin versuchen.« Sie lächelte versonnen. »Ich glaube, er mag mich auch.«

Es kostete mich meine ganze Selbstbeherrschung, ihr nicht ins Gesicht zu springen und zu schreien »Gar nicht wahr! Er mag mich! Nur mich!«. Stattdessen murmelte ich: »Meinst du? Ich finde, er ist zu allen gleich nett.« Nur zu mir ein bisschen netter.

Jette nickte. »Mir ist auch nicht aufgefallen, dass er jemanden bevorzugt. Er ist einfach immer charmant.«

Das war jetzt aber nicht ihr Ernst? Es konnte gar nicht sein, dass er *alle* so ansah wie mich. Und er wollte auch nicht mit allen zum Brötchenholen fahren.

»Vielleicht finden wir ja noch heraus, ob Justin sein Herz hier verschenken wird.« Sie zwinkerte mir zu.

»Mal sehen.« Isabell stand auf. »Ich geh zum Spiele-Nachmittag. Kommt ihr auch?«

»Nö.« Darauf hatte ich jetzt überhaupt keine Lust. Zu sehen, wie Justin angeblich *alle* anflirtete. Oder, noch schlimmer, jemand anderen und nicht mich.

»Ich komme nach«, sagte Jette.

Wir warteten, bis Isabell das Zimmer verlassen hatte. Dann redeten wir gleichzeitig los.

»Denkst du wirklich, dass Justin zu allen gleich nett ist?«

»Was hältst du von deiner Konkurrenz?«

Wir lachten und setzten wieder gleichzeitig zum Antworten an. Ich bremste mich. »Du zuerst.«

»Oder du?«

»Nein, du!«

»Okay.« Jette schob sich ihr Kissen hinter den Rücken und lehnte sich an. »Ich denke schon, dass er zu allen sehr nett ist.« Ich setzte zum Protest an. Sie hob die Hand. »Aber ich glaube auch, dass er ein Auge auf dich geworfen hat, denn er ist oft in deiner Nähe.« Sie streckte mir die Hand hin. »Ich werde es rausfinden. Versprochen.«

Natürlich schlug ich ein. Aber über Isabell und andere mögliche Konkurrentinnen wollte ich gar nicht weiter nachdenken.

»Ich geh jetzt spielen und beobachten.« Grinsend deutete Jette mit zwei Fingern auf ihre Augen. »Mir entgeht nichts. Und was machst du?«

»Weiß noch nicht.« Ich hatte überlegt, mich mit einem Buch in die Scheune zu setzen, aber allein wollte ich das auch nicht machen.

Nachdem Jette das Zimmer verlassen hatte, hockte ich mich auf mein Bett, blätterte in meinem Buch, legte es wieder weg, lief zum Fenster, setzte mich erneut ... Ich beschloss, doch in die Scheune zu gehen.

Das Buch unterm Arm machte ich mich auf die Suche nach Imke.

»Darf ich in der Scheune lesen?«

Überrascht sah sie mich an. »Warum fragst du denn da? Du weißt doch, dass ihr immer in die Scheune dürft. Es sei denn, ihr habt irgendwelchen Quatsch vor.«

Quatsch? Das war jetzt eine Frage der persönlichen Einschätzung. »Ich würde gerne Gretel mitnehmen. Darf ich?«

»Gretel? Unser Huhn?« Sie hob die Schultern. »Von mir aus. Wenn es euch beide glücklich macht …«

Ich lief noch mal ins Zimmer, holte meine Regenjacke und verstaute das Buch darunter. Ob Gretel auf mich gewartet hatte? Sie flatterte zu mir, sobald ich ins Gehege trat.

Kaum auf meiner Schulter zurechtgeruckelt, schnäbelte sie an meinem Ohr herum.

»Ich glaub, mich knutscht ein Huhn!« Kichernd versuchte ich, ihren Kopf wegzuschieben, aber sie war hartnäckig. Also lief ich mit Huhn am Ohr zur Scheune.

Hier war es wirklich gemütlich. Es roch so gut, es war warm und der Regen klopfte seine Melodie auf das Dach. Ich baute mir einen Sessel aus mehreren Heuballen, Gretel kuschelte sich neben mich und schlief bald ein.

Beim Lesen verlor ich jegliches Zeitgefühl. Wenn

nicht jemand meinen Lese-Bann gebrochen hätte, hätte ich vermutlich bis zum nächsten Morgen dort gesessen. Jette tippte mir auf die Schulter: »Hier bist du! Ich hab dich schon gesucht.«

Ich zuckte zusammen, Gretel wachte auf und begann empört zu gackern.

Jette lachte. »Bestimmt legt sie gleich ein Ei! Ihr seid schon zwei verrückte Hühner.«

Gretel beruhigte sich und hockte sich wieder auf mein Bein.

»Ich wollte euch nur vorwarnen, dass ihr hier nicht mehr lange allein seid. Es gibt Scheunenkino und Pizzaservice.«

»Scheunenkino?« Ich sah mich um. »Wo denn?«

»Keine Ahnung. Aber Björn wird es wissen.« Sie deutete zur Tür, wo eben Björn mit Keno, Florian und zwei anderen Jungen, die eine lange, schmale Rolle trugen, hereinkam.

»Moin, moin!« Björn holte eine lange Leiter aus der hintersten Ecke, lehnte sie an die Wand und ließ sich die Leinwand nach oben reichen.

»Wow!« Ich war beeindruckt. »Das ist ja besser als bei uns im Kino!«

»Na ja, ich weiß nicht.« Jette nieste. »Das wird jetzt der ultimative Heu-Test.«

Bald waren alle Karolinenhof-Gäste in der Scheune

und hatten sich gemütliche Ecken im Heu gesucht. Björn startete den Beamer und Imke trug ein Tablett Pizza nach dem anderen herein.

»In dieses Restaurant will ich öfter gehen«, flüsterte ich Jette zu. Sie lachte – und nieste.

»Stimmt. Es kitzelt zwar etwas in der Nase, aber ich hatte es mir schlimmer vorgestellt. Oh, guck mal die beiden!«

Ich drehte mich zu Sonja und Florian. Die lehnten an einem großen Heuballen, Sonja dicht an Florian geschmiegt, den Kopf auf seiner Schulter. Er versuchte, sie wegzuschieben.

»Sonja ... Bitte!«

»Wieso? Zu Hause gucken wir auch so Fernsehen!«

Er verdrehte die Augen und rutschte zur Seite. »Hier aber nicht!«

Jette schüttelte den Kopf. »Tja. So ganz märchenhaft scheint es dann doch nicht zu sein.«

Ich konnte Florian verstehen. »Nicht jeder steht auf öffentliches Kuscheln.«

Sonja war aufgestanden und schaute sich um. Jette winkte sie zu uns herüber. Ich rutschte zur Seite und flüsterte: »Aber aufpassen! Nicht auf das Huhn setzen!«

11

Oh verflixt! Ich hatte verschlafen! Erst von Isabells Wecker war ich wach geworden, dabei wollte ich doch jeden Morgen auf dem Hof helfen! Auch Sonja lag noch im Bett und zog sich bei dem hartnäckigen Geklingel die Decke über den Kopf.

Bevor die anderen auch nur einen Zeh aus dem Bett gestreckt hatten, war ich fix und fertig angezogen und unterwegs nach unten. Aber zu spät. Im Flur stieß ich fast mit Imke zusammen, die den Korb mit Eiern ins Haus trug. Als sie mein unglückliches Gesicht sah, umarmte sie mich. »Alles schon fertig, Ann. Sei nicht traurig, du hast Urlaub, da darfst du ruhig mal ausschlafen. Und mach dir keine Sorgen, wir hatten fleißige Helfer.«

Sie deutete zum Esszimmer. Ich schaute um die Ecke. Ben und Justin saßen schon am Tisch, beide hatten Heu in den Haaren. Waren das Überreste aus dem Heu-Kino oder Spuren von der Stallarbeit?

Ich setzte mich zu ihnen. »Guten Morgen!«

»Hey, Ann! Wo warst du denn? Wir wollten doch zusammen Brötchen holen«, erinnerte Justin mich gleich. Vielleicht war es doch ganz gut, dass ich verschlafen hatte.

»Können wir morgen machen. Oder übermorgen. Oder ... sonst wann«, murmelte ich und schenkte ihm mein allerschönstes Morgenlächeln. Er grinste zurück.

»Sag mal, wie hast du das geschafft, dass dieses Huhn bei dir so zutraulich ist?«, fragte Ben. »Von uns wollte es überhaupt nichts wissen.«

»Das lässt sich halt nicht von jedem füttern«, sagte Justin. »Dafür hatten wir den Hahn am Bein hängen.«

»Das macht der öfter.« Ich erzählte ihnen von meinem ersten Treffen mit Hänsel am Ankunftstag.

Nach und nach tauchten auch die anderen beim Frühstück auf.

Imke stellte mir einen Eierbecher vor die Nase. »Guten Appetit. Das ist ein besonderes Ei, übrigens.«

Erst dachte ich an ein Feen- oder Frosch-Ei. Dann verstand ist. »Von Gretel?«

Imke nickte. »Ganz genau. Von Gretel speziell für dich.«

»Oh Mann, ich hab verschlafen«, nuschelte Florian und gähnte. »Ferien können so anstrengend sein!«

Sonja knuffte ihn in die Seite. »Ja, du hast es echt

schwer. Armer Kerl! Und nachher musst du auch noch reiten. Schlimm …«

Florian grinste. »Das ist ein Fall fürs Jugendamt. Kinderarbeit!«

»Hast du eben *reiten* gesagt?«, fragte ich Sonja.

»Ja. Hast du das gestern nach dem Kino nicht mitgekriegt? Wir machen einen Ausritt.«

Wahrscheinlich hatte ich da gerade Gretel nach Hause gebracht. Und keiner hatte mir was gesagt! Stattdessen hatten alle einen riesigen Aufstand gemacht, als Isabell den Strauß Gänseblümchen auf meinem Nachttisch entdeckte. Und die wildesten Theorien gesponnen, wer die wohl wann dort hingelegt hatte. Ich war jetzt die heimliche Freundin von allen sieben Jungs, Keno, Björn und sogar Willibald. Mindestens. Das alles wegen eines winzig kleinen Blumensträußchens, das zufällig neben meinem Bett lag.

Ich war mir ziemlich sicher, wer sich da heimlich ins Muschelherz geschlichen und die Blumen dort deponiert hatte. Auch wenn keiner der Jungen am Frühstückstisch sich irgendwie verdächtig verhielt.

Weil ich nicht wollte, dass Gerüchte und Vermutungen sich weiter verbreiteten, hatte ich meine Mitbewohnerinnen zu Stillschweigen verdonnert. Dafür wollten wir alle die Augen offen halten und den Blumenboten auf frischer Tat ertappen.

Ich hoffte, dass die Aussicht auf einen Ausritt alle Hobbydetektivinnen ablenken würde. Ich zumindest wäre am liebsten sofort aufgebrochen. Ausritt! Am Strand! Genau so hatten Mara und ich uns Ferien an der Nordsee vorgestellt. Ich musste auf jeden Fall Fotos machen und nach New York schicken.

Meine Vorfreude erhielt einen leichten Dämpfer, als wir uns nach dem Frühstück umzogen. Sonjas schicke Reitklamotten hatte ich ja schon gesehen, aber auch Jette war perfekt ausgerüstet mit beiger Reithose, Lederchaps, Sicherheitsweste und Kappe. Zum Glück ging Isabell wie ich in Jeans.

»Ziehst du Gummistiefel an?«, fragte sie.

Ich hatte keine Ahnung. Gelbe Monsterstiefel oder Turnschuhe, die eigentlich zu schick für eine Begegnung mit Pferdeäpfeln waren? Beides nicht ideal.

Jette nahm mir die Turnschuhe aus der Hand. »Kein Mensch erwartet von dir, dass du dich für einen Ausritt rausputzt. Außerdem kannst du mit den Schnürsenkeln im Steigbügel hängen bleiben, wenn du runterfällst.«

Runterfallen? »Das hatte ich eigentlich nicht vor«, protestierte ich.

Aber Isabell kramte auch ihre Gummistiefel unter dem Bett hervor, und die waren kein Stück besser als meine: blau mit Blümchenmuster. Wir grinsten uns an.

»Habt ihr Kappen?«, fragte Sonja.

Natürlich nicht. »Nehmt euch Fahrradhelme mit. Es gibt dort nicht sehr viele Leih-Kappen, und die meisten sind auch ziemlich ... na ja ... lausig.«

Sehr überzeugendes Argument. Wir trampelten in unseren Stiefeln die Treppe runter.

»Stopp!« Ich drehte um und rannte wieder hoch. Florian brachte sich auf dem Treppenabsatz mit einem Sprung nach hinten in Sicherheit und ich machte eine Vollbremsung. Ich musste ihn einfach anstarren. Auch er trug eine Reithose, Stiefel und Weste, die schwarze Kappe baumelte vom Handgelenk.

»Wow! Kannst du etwa reiten?«

Er lachte. »Na ja ... ja, schon. Sonja hat mich immer mit in die Reitschule geschleppt. Aber was ist daran so toll?«

Ich wollte es mir nicht wieder mit Sonja verderben und verzichtete darauf, ihm zu erklären, dass ich weniger seine Reitkünste als sein Outfit bewundert hatte. In den Klamotten sah er einfach umwerfend aus. Also zuckte ich mit den Schultern. »Och, nur so ... ich kann's nämlich nicht. Aber das sieht man vermutlich.« Ich guckte auf die Stiefel.

Er lachte wieder. »Viele Leute, die eine Top-Ausrüstung haben, können überhaupt nicht reiten. Das hat gar nichts zu sagen.«

»Na dann … Vielleicht schlummert in mir ein noch verborgenes Talent.« Ich schnitt eine Grimasse. Dann zeigte ich treppauf. »Ich muss noch mal hoch. Hab das Handy vergessen.«

Er machte Platz und ich drückte mich an ihm vorbei.

»Da gibt es aber auch kein Netz.«

Ich seufzte. »Das hab ich befürchtet. Aber ein paar Beweisfotos will ich machen.«

12

Diesmal fuhren wir nicht mit dem Fahrrad. Björn hatte einen großen Hänger an seinen Traktor gekoppelt und mit Stroh ausgepolstert.

»Steig schnell ein und guck, wer sich neben dich setzt«, flüsterte Jette mir ins Ohr. »Das ist ein guter Test. Vielleicht verrät er sich ja.«

Warum nicht? Ich drängelte ein bisschen und kletterte als Erste die Leiter hoch. Kaum war ich ins Stroh geplumpst, saß Sonja links neben mir. Na, die war bestimmt nicht der Gänseblümchenbote. Aber ich konnte sie ja schlecht mit einem »Steh bitte wieder auf, ich halte den Platz für ich-weiß-nicht-wen frei« wegscheuchen. Isabell besetzte den Platz an meiner rechten Seite und beugte sich dicht zu meinem Ohr.

»Bitte bleib in meiner Nähe! Ich glaub, alle anderen können reiten. Und ich hab doch so Schiss vor Pferden!«

»Klar.«

Jette kletterte zuletzt in den Hänger und sah mich mit hochgezogenen Augenbrauen an. Vielleicht klappte es ja auf der Rückfahrt.

Björn startete den Motor, mit einem Ruck setzte der Hänger sich in Bewegung. Wir purzelten alle durcheinander.

»Festhalten!«, überbrüllte Björn den Motorenlärm und trat aufs Gas. Das hätte er mal früher sagen sollen. Durch den Startruck war ich halb über Sonja gefallen, Isabell lag auf mir. Neben Sonja kämpfte Florian um Gleichgewicht und aufrechte Haltung. Immer, wenn ich mich halbwegs unter Isabell herausgeschoben und aufgerichtet hatte, heizte Björn wieder um eine Kurve und wir kippten zurück. Schließlich blieben wir einfach im Stroh liegen und ließen uns durchschütteln.

»Sonja? Wie weit ist es denn bis zum Reiterhof?«, fragte ich. Ich lag auf dem Rücken, über mir war nur blauer Himmel, Sonne, weiße Wölkchen, ab und zu eine vorüberhuschende Baumkrone oder ein Vogel in der Luft. So hätte ich ewig weiterfahren können.

»Nicht mehr weit. Ich glaube, Björn fährt heute ein paar Umwege, um uns richtig gut durchzuschütteln, aber wir müssten bald ankommen.«

Isabell kicherte los. »Meint ihr, er macht das absichtlich, damit wir das Gewackel auf dem Pferd dann nicht mehr so schlimm finden?«

»Also, Absicht ist das bestimmt«, sagte Florian. »Aber ich vermute, eher aus Quatsch als wegen der Reitvorbereitung.« Er grinste. »Außerdem hatte ich dort noch nie ein Pferd, das mich so geschüttelt hat.«

Mit einer Vollbremsung warf Björn uns noch einmal durcheinander, dann klappte er die Leiter runter. »Alles aussteigen!«

Einer nach dem anderen krabbelten wir vom Hänger und taten unser Bestes, keine Schlangenlinien zu laufen.

»Himmel, ist mir schwindelig!«, jammerte Isabell und hielt sich an mir fest.

Björn strahlte uns an. »Die letzte Gruppe hat sich beschwert, dass ich zu langsam fahre.«

»Waren das Formel-1-Piloten oder so?«, fragte ich.

»Nein. Aber sie haben sich über meinen Dicken lustig gemacht.« Er zeigte auf den Traktor. »Das konnte er nicht auf sich sitzen lassen.«

»Aber warum bist du dann nicht mit denen durch die Gegend geheizt?«, wollte Florian wissen.

»Weil sie erst nach dem Aussteigen zu Hause gelästert haben. Ich wollte vermeiden, dass das wieder passiert.«

»Bestimmt nicht«, versicherte Isabell.

»Wollt ihr schwätzen oder reiten? Kommt! Wir werden erwartet.« Jette stand schon auf dem Hof. Wir folgten.

»Oh!« Isabell blieb wie angewurzelt stehen.

16 Pferde mit lustigen Stehmähnen waren rund um den Hof angebunden und sahen uns mindestens so neugierig an wie wir sie. Erleichtert bemerkte ich, dass sie bereits Sattel und Trense trugen. Was für ein Glück. Ich hatte mich schon in Riemen und Zügel verheddert gesehen.

»Herzlich willkommen!« Eine Frau mit kurzen grauen Haaren trat aus dem Haus.

»Moin Edda«, grüßte Keno. »Der Karolinenhof meldet sich vollzählig zum Ausritt.«

»Wunderbar, die Pferde freuen sich schon auf ihren Strandgalopp«, sagte sie. »Stellt euch bitte nach Reitkenntnissen auf. Diejenigen, die Schritt, Trab und Galopp selbstständig reiten können, hier rüber. Dorthin, wer schon auf einem Pferd gesessen hat und weiß, wie man die Zügel hält. Komplette Anfänger zu mir.«

Ich überlegte kurz. Hin und wieder hatte ich auf einem Pferd gesessen, allerdings war das dann an einer Longe gelaufen oder jemand hatte die Zügel festgehalten. Aber das war wohl doch etwas anderes, als am Strand zu reiten. Ich blieb neben Isabell bei den kompletten Anfängern, obwohl ich mich zu gern neben Justin zu den etwas besseren Anfängern gestellt hätte.

Edda begutachtete uns alle von Kopf bis Fuß, stellte

hier und da eine Frage und teilte schließlich die Reittiere ein.

»Du nimmst Odin«, sagte sie und zeigte mir, welches der karamellbonbonfarbenen Tiere meins war. Zum Glück stand der Name auch hinten auf dem Sattel. Ich blieb neben Odin stehen und streichelte seinen Hals, bis jemand kam, der mir beim Einstellen der Steigbügel und beim Nachgurten half. Dann schob ich die Stiefelspitze in den Bügel und zog mich in den Sattel.

»Ist das hoch!« Außerdem war Odin ziemlich dick, sodass ich fast im Spagat saß, aber das erwähnte ich nicht, ich wollte ihn ja nicht beleidigen. »Ein Schöner bist du«, schmeichelte ich und klopfte ihm den Hals. Edda ging herum, kontrollierte Sattelgurte, Sitz und Zügelhaltung. Mir zeigte sie, zwischen welchen Fingern die Zügel hindurchlaufen sollten – und den Riemen vorne am Sattel. »Wenn du in Wohnungsnot kommst, zögere nicht, den zu benutzen. Besser, du klammerst dich hier fest als an den Zügeln, wo du Odin im Maul wehtust.«

Ich nickte. In Wohnungsnot zu geraten, hatte ich keinesfalls vor. Jette lenkte ihr Pferd neben mich. Es sah ein Stück größer und vor allem schlanker aus als Odin, hatte aber dieselbe Fellfarbe.

Edda ließ uns erst auf den großen Platz reiten, Florian und Sonja vorne weg. Ich war vollkommen damit beschäftigt, Odin vorwärts zu treiben, offensichtlich hatte er keine Lust auf schnelle Bewegungen. Trotzdem riskierte ich hin und wieder einen bewundernden Blick auf Florian und Sonja – wenn es bei mir doch nur halbwegs so elegant aussehen würde! Aber ich war mir sehr bewusst, dass dem nicht so war.

Edda ließ uns ein paar Runden im Schritt und Trab gehen. Als das klappte und niemand unfreiwillig abgestiegen und in den Matsch gefallen war, holte sie ihr Pferd und rief nach einer Helferin.

»Hört gut zu! Jenny reitet vorne, keiner überholt sie, ist das klar? Keno und Clara sind für die Mitte verantwortlich, ich bin das Schlusslicht. Hinter mir reitet auch niemand. Meint ihr, das schafft ihr?«

»Jaaa!«

»Gut.«

Nacheinander rief sie unsere Pferde auf, sodass wir uns in einer langen Reihe vor dem Reitplatz aufstellten. Vor mir war Justin auf einem Pferd, das Odins Bruder hätte sein können, es stand ebenfalls recht gut im Futter. Hinter mir kam Isabell auf einer etwas unruhigen Stute, die ständig zappelte und versuchte, Isabell die Zügel aus den Händen zu reißen.

»Ich hab kein gutes Gefühl«, murmelte Isabell.

»Ich schon. Jetzt geht's an den Strand!«, jubelte ich.

Im Schritt verließen wir den Hof, überquerten die

Straße und folgten einem schmalen Weg zum Deich. Hier war so wenig Platz, dass die Pferde hintereinander laufen mussten. Das gefiel Isabells Stute nicht, immer wieder versuchte sie, sich an Odin vorbei zu drängeln, einmal biss sie ihm in den Po. Quietschend keilte Odin nach ihr aus, bei der Aktion landete ich irgendwo auf seinem Hals.

Zum Glück schien er zu merken, dass etwas nicht richtig war und blieb stehen, bis ich mich wieder zurechtgesetzt hatte. Allerdings machte diese kurze Pause seine Hinterfrau noch ungeduldiger.

»Ich kann sie nicht halten!«, rief Isabell.

Edda quetschte sich an den Reitern hinter uns vorbei und packte die Dränglerin am Zügel.

»Ihr bleibt erst mal bei mir. Bei den anderen sieht es ja ganz gut aus bis jetzt.«

Es fühlte sich auch gut an. Odin trottete brav den anderen Pferden hinterher. Justin drehte sich zu mir um. »Und? Alles klar?«

»Alles bestens.« In dem Moment bremste Odin abrupt und riss den Kopf nach unten, wobei mir die Zügel durch die Finger rutschten. »He!«

»Ich glaube, er hat Hunger«, sagte Justin. »Und er scheint dieselbe Lieblingsblume zu haben wie du.« Er grinste.

Tatsächlich verspeiste Odin gerade genüsslich ein

Büschel Gänseblümchen. Ich guckte von den Blumen zu Justin und wieder zurück. Er hatte sich gemerkt, welches meine Lieblingsblumen waren! Wenn das nicht der endgültige Beweis dafür war, dass er die Blumen überall deponierte … Ich hätte ihn gern direkt gefragt, aber Justin war weitergeritten und Odin futterte in aller Ruhe. Ich drückte meine Schenkel fest gegen seinen Bauch, versuchte, seine Nase von den Leckerbissen wegzuziehen. Ihn beeindruckte das nicht wirklich. Erst ein Klatschen von hinten scheuchte ihn vorwärts.

»Tschuldigung, dass ich ihm auf den Po gehauen habe«, rief Ben. »Aber er sah nicht so aus, als würde er heute noch weiterlaufen.«

Das hatte er vermutlich auch nicht vorgehabt, er äugte schon wieder nach dem Gras am Wegesrand. Diesmal war ich vorgewarnt und ließ mir die Zügel nicht mehr aus der Hand ziehen, was er mit ärgerlichem Schweifschlagen beantwortete.

Als wir über den Deich ritten, konnte ich mein Glück kaum fassen. Wir waren auf dem Weg zum Strand und ich saß auf einem Pferd! Und gleich … Odin blieb wieder stehen. Aber diesmal hatten vor uns alle gestoppt.

»Was ist los?«

»Wir sollen die Sattelgurte noch mal kontrollieren.« Justin hatte schon ein Bein nach vorne gelegt und fuhrwerkte irgendwo unter dem Sattel herum.

»Ich kann das nicht!«

»Dann komm her.«

Ich lenkte Odin ganz nah an sein Pferd. Justin beugte sich zur Seite, schob mein Bein vor den Sattel, sodass ich mich schnell an dem Riemen festklammerte, und gurtete nach. Eine Sache von maximal zehn Sekunden. »Fertig.«

»Dankeschön!« Ich reihte mich wieder hinter ihm ein, gerade rechtzeitig, denn die Schlange setzte sich in Bewegung. Jetzt hatte ich ihn nicht gefragt! Aber vielleicht sollte ich mich, bevor ich so mit der Tür ins Haus fiel, erst mit Jette beraten, die war schließlich meine Fachfrau in Liebesdingen.

Je näher wir dem Sandstrand kamen, desto eifriger lief Odin. Am Ende musste ich ihn gar nicht mehr antreiben. Ich zog das Smartphone aus der Jackentasche und machte zwischen Odins Ohren hindurch ein Bild vom Strand.

Jenny ganz vorne drehte sich im Sattel um und rief: »Alle bereit zum Traben?«

Wir bejahten.

Jenny trabte an, einer nach dem anderen folgte ihr, quer über den breiten Sandstrand in Richtung Meer. Wie gut, dass ich das Handy noch nicht weggesteckt hatte! Bei Odins energischen Trabschritten war es zwar nicht einfach, aber mir gelangen zwei unverwackelte Strandaufnahmen. Als ich das Smartphone einsteckte und mich nach vorne drehte, sah ich direkt in die Kamera eines anderen Handys.

»Bitte recht freundlich!« Florian löste aus. Wo kam der denn jetzt her? Hoffentlich hatte ich nicht gerade wie ein nasser Sack ausgesehen. Das Bild musste er mir unbedingt auch schicken. Bevor ich ihn darum bitten konnte, trieb er sein Pferd vorwärts, zurück an seinen Platz hinter Sonja.

Jenny wechselte zum Schritt. Odin schnaubte und schüttelte den Kopf. Ich hatte das Gefühl, er wäre gern noch länger getrabt.

»Wer traut sich einen Galopp zu?«, rief Jenny.

Sofort war meine Hand oben – genau dafür war ich schließlich hergekommen.

Edda gab letzte Anweisungen. Jenny sollte ja nicht wieder so rasen, es war strengstens verboten, den Vordermann zu überholen, Abstand halten.

Einer nach dem anderen galoppierte an. Als wir an der Reihe waren, drückte ich meine Beine genau so gegen Odins Bauch, wie Edda es gesagt hatte. Vielleicht hätte sie besser ihm erklären sollen, was dann von ihm erwartet wurde. Er galoppierte nämlich nicht an, sondern legte im Trab einen Zahn zu. Das war vielleicht unbequem! Ich wurde hoch und runter geschüttelt, schlimmer als vorhin im Hänger. Sicherheitshalber hielt ich mich am Griff fest.

Jenny parierte zum Schritt durch. »Alles in Ordnung?«

»Er ist nicht galoppiert!«, rief ich. »Was soll ich machen?«

Clara kam neben mich und erklärte mir noch einmal die Hilfen.

»Das hab ich gemacht. Aber er ist nur im Trab gerannt.«

»Beim nächsten Galopp schaue ich nach euch«, versprach Clara.

Wir hatten das Wasser erreicht, die Wellen umspülten die Hufe unserer Pferde. Ich schoss noch ein paar Fotos. Odin nutzte es aus, dass ich anderweitig beschäftigt war. Er blieb stehen und planschte mit den Vorderhufen im Wasser. Plötzlich war Edda neben mir. »Lass ihn hier nicht anhalten und schon gar nicht so planschen. Sonst legt er sich gleich hin – und du gehst mit ihm baden.«

Sofort packte ich die Zügel fest mit beiden Händen und trieb Odin an. Sie hätte mir ja auch mal früher sagen können, dass ich auf einem Seepferdchen saß. Auf Baden in Kleidern hatte ich überhaupt keine Lust.

»Galopp!«, schallte es von vorne her. Odin wollte wieder renntraben, hatte aber nicht mit Clara gerechnet, die links neben uns auftauchte, »Galopp, Odin, du faule Socke!«, rief und ihm ihre Gerte auf den Po klatschte. Zum Glück hielt ich mich am Sattel fest, denn

Odin machte erst mal drei gewaltige Bocksprünge, bevor er losgaloppierte.

Am liebsten hätte ich die Zügel losgelassen und meine Arme wie Flügel zur Seite gestreckt. Nur fliegen konnte schöner sein. Wenn ich die Augen schloss, fühlte es sich tatsächlich an, als würden wir durch die Luft galoppieren.

»Oh nein! Steh! Bleib sofort stehen, du Unglückspferd, du sturer Dickschädel, steh! Steh! Steh!« Das Gebrüll mischte sich mit dem Donnern von Hufen, kam näher, dann schoss Isabell an uns vorbei. Dicht hinter ihr Edda, wie ein Jockey über den Hals ihres Pferdes gebeugt. Wie gut, dass ich die Zügel festgehalten hatte, Odin fühlte sich nämlich herausgefordert und wollte unbedingt hinterher, möglichst flott. Isabells Pferd war unglaublich schnell, Edda fiel immer weiter zurück. Jenny verlangsamte zum Schritt, als sie das ungeplante Wettrennen bemerkte.

Alle beobachteten gebannt, wie die beiden Reiter dicht an den Wellen dahinrasten.

»Wenn die so weiterreiten, sind sie bald in Dänemark«, sagte Justin.

»Ich glaube nicht, dass Isabell so lange oben bleibt.« Ich stellte mich in die Steigbügel, um besser zu sehen. Es war ein Wunder, dass sie überhaupt noch auf dem Pferd saß. Ich wäre bestimmt schon längst runtergefallen.

Die zwei Rennpferde waren jetzt wieder näher beieinander und Edda holte weiter auf. Als ihr Pferd Kopf an Kopf mit Isabells dahin flog, beugte sie sich zur Seite, griff nach Isabells Zügeln und lenkte beide Pferde in einen Kreis. Sie wurden langsamer, fielen in Trab, dann in Schritt. Wir jubelten und klatschten. Odin scheute und machte einen Satz zur Seite, ins Wasser. Sofort begann er, mit einem Vorderhuf das Wasser aufzuwühlen.

»Nee, mein Freund, mit mir gehst du nicht baden!« Ich lenkte ihn zurück auf den Strand.

»Warum lässt du ihn denn nicht planschen?«, fragte Justin. Sein Pferd schlug abwechselnd mit den Vorderbeinen aufs Wasser, dass es nur so spritzte.

»Pass auf! Der legt sich gleich hin!«, wiederholte ich Eddas Warnung.

Justin lachte. »Ach was! Doch nicht mit dem Sattel und mir auf dem Rücken. Der will nur spielen.«

Na, wenn er meinte ... Ich kraulte Odin die Mähne, was ihm offensichtlich gefiel. Seine Ohren, die bislang aufmerksam in alle Richtungen gelauscht hatten, klappten langsam zur Seite, sein Kopf sank stetig tiefer und er schnaubte leise.

»Dein Pferd schläft ein.« Keine Ahnung, wie Justin das durch die Wasserfontänen sehen konnte, die sein Pferd aufspritzen ließ.

»Und deins liegt gleich im Wasser.«

Kaum hatte ich es ausgesprochen, ging sein Reittier in die Knie.

Justins Aufschrei mischte sich mit Eddas Wutgebrüll: »Neptun! Stehst du wohl wieder auf? Schwing deinen dicken Hintern aus dem Wasser!«

Isabell und ihr Rennpferd hatte sie bei Jenny abgestellt, jetzt raste sie wie eine Furie auf den badenden Neptun zu. Der war in der Bewegung erstarrt, genau wie sein Reiter. Der Pferdebauch berührte noch nicht das Wasser, Justin hatte die Füße aus den Steigbügeln gezogen und ein Bein halb über Neptuns Rücken geschwungen. Angesichts der wutschnaubenden Edda kam Bewegung in dieses Reiterstandbild. Neptun stemmte sich wieder hoch, das Bedauern um den verpassten Badespaß stand ihm ins Gesicht geschrieben, aber er marschierte brav aus dem Wasser. Justin schaffte es mit ein paar akrobatischen Übungen, sich im Sattel zurechtzusetzen.

Edda sah aus, als ob sie gleich explodieren würde. Trotzdem kicherte ich los. Justins bedröppeltes Gesicht, der beleidigte Neptun mit den nassen Beinen, Edda, die fast aus den Ohren qualmte – das war zu viel! Mein Bauch fühlte sich auch an, als würde er gleich explodieren – vor unterdrücktem Lachen. Ich wollte Edda, die das alles ganz sicher nicht lustig fand, nicht ärgern, aber ich konnte einfach nicht aufhören.

»Sehr witzig!«, brummte Justin, als er an mir vorbei auf seinen Platz ritt, nachdem Edda ihm alles über planschende Pferde erklärt hatte. Aber ein bisschen grinsen musste er doch auch. Ich brauchte nur an den langsam in die Wellen sinkenden Neptun zu denken, um wieder loszulachen. Warum hatte ich das nicht gefilmt?

Isabell und Jenny tauschten Pferde. Immerhin konnte Isabell schon wieder lachen und winken, als Edda sie am Zügel ans Ende der Reiterkarawane führte. Ich hielt Ausschau nach Jette, die ziemlich weit vorne ritt. Da waren Sonja und Florian, unverkennbar in ihren Klamotten, davor Jette. Sie guckte auch gerade zu mir und hielt etwas in die Luft. Ihr Smartphone? Dann zeigte sie aufs Wasser und auf Justin und lachte. Hatte sie die Badeaktion etwa festgehalten? Sehr cool. Grinsend hob ich den Daumen.

Im Trab ging es am Wellensaum entlang. Ich hätte nichts gegen einen Wechsel zum Schritt oder Galopp gehabt, das lange Traben strapazierte meinen Po ganz schön. Edda hatte uns zwar das Leichttraben vorher erklärt, aber in der Praxis war ich leider nicht fähig, im Takt der Schritte aufzustehen und mich hinzusetzen. Ich hüpfte einfach irgendwie im Sattel auf und ab und konnte absolut nichts daran ändern.

»Vielleicht wollte Björn uns vorhin im Hänger wirklich nur fürs Traben trainieren«, ächzte Ben hinter mir.

»Ach, das bisschen Trab«, erwiderte Justin vor mir. »Das schaffen wir doch locker.«

Dabei sah es bei ihm auch eher nach unkontrolliertem Hüpfen aus. Kein Vergleich mit dem eleganten Auf und Ab von Jette, Florian oder Sonja.

Endlich verlangsamte Jenny das Tempo. Verstohlen rieb ich meinen Po. Bestimmt sah ich schon aus wie ein Pavian.

Vor lauter Traben hatte ich gar nicht gemerkt, dass wir schon fast am Deich waren. Odin schon. Er steuerte mit gespitzten Ohren auf das erste Grasbüschel weit und breit zu.

»Lass das, du Nimmersatt!« Irgendwie schaffte ich es, ihn am Gras vorbei und zurück in die Reihe zu lenken. Beim Gedanken an die vielen Grasbüschel, die noch zwischen uns und dem Stall lagen, brach mir der Schweiß aus. Über den Deich und an zwei einladenden Futterstellen bekam ich ihn noch mit viel Arbeit vorbei, dann zerrte er mir mit genervtem Kopfschütteln die Zügel aus der Hand und trabte zum nächsten grünen Fleck. Ich umklammerte den Griff am Sattel und starrte auf den Abgrund, wo sich eben noch Kopf und Hals meines Pferdes befunden hatten. Wie sollte ich jemals wieder an die Zügel kommen, die irgendwo da unten um seine Ohren schlackerten?

»Weiter!«, drängelte Ben von hinten.

Plötzlich tauchte ein Ast vor meiner Nase auf, senkte sich nach unten und wedelte vor Odins Kopf mit den Blättern. Odin begrüßte das frische Futter mit einem leisen Wiehern und schnappte danach – ins Leere. Die Blätter waren weitergewandert und hingen jetzt etwa einen Meter vor ihm in der Luft.

Ich sah nach, wer am anderen Ende des Asts hing. Justin. »Wenn das mit dem Esel funktioniert, der einer Möhre hinterherläuft, müsste das auch klappen.«

Tatsächlich hob Odin die Nase aus dem Gras und tappte langsam auf den Ast zu. Justin trieb seinen Neptun vorwärts und beobachtete gleichzeitig Odin. Er durfte nicht zu nah an die Blätter herankommen, musste aber gleichzeitig das Gefühl haben, dass er sie im nächsten Moment erreichen würde. Keine leichte Aufgabe. Während Justin mein Pferd vorwärts lockte, angelte ich nach den Zügeln.

»Kannst du mal den Kopf höher heben?«, schimpfte ich.

»Kein Problem!« Erst dachte ich, Odin hätte mit mir gesprochen, dann fiel mir auf, dass es Justin gewesen war, der den Ast nun ein Stück höher hielt. Sofort reckte Odin den Kopf und ich schnappte mir die Zügel.

»Danke!«

»Kein Problem.« Justin hielt meinem alten Odin-Esel weiter den Ast vor die Nase.

»Ich glaub, jetzt schaff ich es allein.«

Er schüttelte den Kopf. »Jetzt bringe ich euch auch nach Hause. Schließlich hast du vorhin auch versucht, mich vor dem Bad zu warnen.«

Ein echter Gentleman. Wie auch Odin. Er tappte treudoof wie hypnotisiert hinter dem Ast her und versuchte nicht ein einziges Mal, nach den Blättern zu schnappen.

13

Wie weh mir alles tat, merkte ich erst, als ich versuchte, abzusteigen. Es war, als hätten meine Beine sich der Tonnen-Form von Odins Bauch angepasst und wären dort festgewachsen. Mit viel Anstrengung schaffte ich es, die Füße aus den Steigbügeln zu ziehen. Bein über den Rücken schwingen? Vergiss es! Ich packte den Griff und rutschte einfach seitlich herunter. Zum Glück kam das andere Bein auch mit. Kaum auf festem Boden angekommen, musste ich feststellen, dass die Beine weich wie Butter waren. Am liebsten hätte ich mich einfach hinplumpsen lassen. Aber Odin hatte andere Pläne und marschierte einfach los. Mir blieb nichts anderes übrig, als nebenher zu humpeln.

»Du Nimmersatt!«, schimpfte ich. »Du kannst nicht schon wieder Hunger haben!«

Aber anstatt auf die nächste Futterquelle zuzustürmen, hielt Odin schnurstracks auf Jettes Pferd zu. Erst als sie Nase an Nase standen und sich zärtlich beschnupperten, hielt er an.

»Wie süß! Verliebte Pferde!« Sofort lichtete Jette die beiden Schmusebacken ab und auch ich zog mein Handy aus der Tasche.

»Komm, wir machen ein Selfie mit Pferden.« Arm in Arm quetschten wir uns zwischen Odin und seinen Schwarm und machten beide ein Bild.

»Welches ist besser?« Wir mussten sofort vergleichen.

»Erst die Pferde versorgen, meine Damen!« Mit in die Hüften gestemmten Händen stand Edda vor uns. »Ich weiß, dass es für euch anstrengend war. Aber für die Pferde auch, vergesst das nicht.«

Den Eindruck machte Odin gar nicht. Er hatte gefressen, im Wasser geplanscht, war ein bisschen spazieren gegangen und von einem Ast hypnotisiert worden. Und jetzt schmuste er. Wenn das anstrengend sein sollte …? Aber kein Wunder, dass er noch so frisch wirkte. Er hatte ja doppelt so viele Beine wie ich. Und, ganz wichtig, er war nicht so durchgeschüttelt worden.

Trotzdem musste ich ihn natürlich von Sattel und Trense befreien. Wenn ich auch nicht recht wusste, wie, mit den vielen Riemen und Schnallen.

Zum Glück kannte Jette sich aus. Zwei Griffe und der Sattelgurt war offen, drei Griffe und auch die Trense war vom Kopf. Sie kümmerte sich darum, den Pferden

Halfter zu verpassen. Ich machte mich derweil leicht o-beinig mit Odins Sachen auf den Weg zur Sattelkammer.

Dort traf ich Isabell, die mit Händen und Füßen von ihrem unfreiwilligen Rennen berichtete.

»Stell dir vor, Ann! Norne ist von einer Bremse gestochen worden. Zwei Mal! Dann ist sie durchgegangen.«

Autsch! Bremsenstiche waren bestimmt fies. Aber der Ritt hatte auch fies ausgesehen. Ich hob den Sattel an seinen Platz und wusch das Gebiss von Odins Trense, bevor ich mit Sonjas Hilfe die Riemen der Trense richtig sortierte. Dann holte ich Jettes Sattelzeug. Isabell erzählte immer noch. Oder schon wieder. Ben und Justin waren nämlich neu dazugekommen und bekamen auch noch mal einen Exklusivbericht.

Als wir in den Hänger kletterten, berichtete Isabell Jette und Gabi von ihrem Abenteuer. Jetzt waren es schon drei Bremsenstiche. Ich grinste. Wenn das so weiterging, wurde daraus bestimmt noch ein ganzer Bremsenschwarm.

»Macht es euch bequem. Ich muss kurz beim Supermarkt vorbei, sonst gibt es heute kein Abendessen«, ließ uns Björn wissen, als er die Hängerklappe verriegelte.

»Was ein Glück!« Sonja ließ sich rücklings ins Stroh fallen. »Dann fahren wir auf richtigen Straßen und er muss sich an die Verkehrsregeln halten.«

Mein Po freute sich auch über diese Nachricht. Ich häufte Stroh auf und setzte mich vorsichtig darauf, Jette hockte sich neben mich. »Jetzt zeig deine Fotos!«

Jette hatte eindeutig die besseren Bilder. Während ich nur einige, meist verschwommene Strandfotos und unser Selfie aufgenommen hatte, gab es bei ihr Bilder von jedem von uns mit Pferd. Sogar Isabell im rasenden Galopp. Am schönsten waren die Fotos vom zusammensinkenden Neptun. Justins Gesichtsausdruck war herrlich. Von vergnügt über ungläubig zu entsetzt – der reinste Film.

»Zeigst du ihm die?«

Sie zuckte mit den Schultern. »Mal sehen.«

Ich guckte noch einmal das Selfie an. Und hätte fast das Smartphone weggeworfen. Es vibrierte! Es hörte gar nicht mehr auf zu zittern und Pling-Geräusche von sich zu geben. Fassungslos starrte ich auf das Display, wo sich die Anzahl der empfangenen Nachrichten sekündlich erhöhte.

»Netz! Hier gibt es ein Netz!«, jubelte Jette und bekam beim Blick auf ihre Nachrichten leuchtende Augen.

Nun holten alle ihre Telefone heraus. Isabell schlug sich mit der Hand vor die Stirn. »Oh nein! Ich hab meins nicht mitgenommen! Ich bin soooo blöd!«

»Nicht blöd. Blond«, verbesserte Sonja grinsend. »Willst du eine Nachricht schreiben? Hier, nimm meins.«

Aber Isabell wollte nicht. »Ich möchte wissen, ob mir jemand geschrieben hat.«

»Kommt jemand mit?« Wir waren schon beim Supermarkt. Statt einer Antwort erntete Björn kollektives Kopfschütteln. Alle tippten wie wild auf ihren Handys herum. Nur Isabell kletterte vom Hänger.

Seit Samstag hatte ich 73 neue Nachrichten bekommen! Fünf mit Fotos von Florian, 68 von Mara. Die meisten mit Bild, die letzten nur noch mit Text und zunehmend besorgt: *Warum schreibst du nicht? Bist du sauer? Geht es dir gut? Ann, melde dich!* oder *Was tust du am Ende der Welt? Vielleicht ist die Welt doch eine Scheibe und du bist runtergefallen?*

Ich grinste und schickte schnell ein paar Bilder über den großen Teich. *Keine Sorge. Lebe nur gerade handyfrei mit vielen netten Leuten und einem irren Huhn.*

14

Als der Wecker klingelte, bekam ich meine Augen nicht auf. Sie fühlten sich an, als hätte jemand feuchte Wattebäusche darauf geklebt. Ich tastete nach dem piepsenden Ding. Wo hatte ich es gestern Abend hingestellt? Ich fuhr mit der Hand über den Nachttisch. Rums! Das war der Wecker, der jetzt irgendwo unter meinem Bett weiterpiepte.

»Mensch, Ann, stell den Krachmacher ab! Wir haben Urlaub!«, knurrte Jette.

»Würd ich ja gerne«, sagte ich. Wollte ich sagen. Das, was aus meinem Mund kam, hörte sich an wie »Wrchkkrrchs«. Ziemlich bedrohlich und als ob jemand mich würgen würde.

Jette und Sonja standen sofort neben meinem Bett. Eine von ihnen hob den Wecker auf und stellte ihn ab, die andere legte mir eine kühle Hand auf die Stirn.

»Du bist ganz heiß!«

»Und blind!« – »Unnbrrrchkks!«

»Ich hole Imke!« Das war Sonja. Ich stellte mir vor, wie sie in ihrem Marienkäferschlafanzug auf den Hof rannte und musste fast ein bisschen grinsen.

Meine Augen waren verklebt. Ich bekam keine Luft durch die Nase. Mein Hals fühlte sich an, als hätte ich die ganze Nacht Schmirgelpapier geschluckt. Nicht gut. Ich wollte zu meiner Mama.

Stattdessen kam Imke. Kühle Hände und ein Duft nach Heu, den ich trotz verstopfter Nase riechen konnte.

Sie fühlte meine Stirn, dann ging sie aus dem Zimmer. Nach einer Weile hörte ich ihre leisen Schritte wieder. Mit einem feuchten, warmen Tuch wischte sie meine Augen ab und, oh Wunder, ich konnte wieder sehen. Ganz so weit auf wie normalerweise gingen die Lider nicht, aber ich konnte alles deutlich erkennen. Imke im Stallanzug, die mich anlächelte und mir ein Fieberthermometer unter die Zunge schob. Jette und Sonja, beide in ihre Bettdecken gewickelt auf Jettes Bett sitzend. Isabells Haare, die unter ihrer Decke hervorschauten.

Ich fühlte mich richtig elend, aber nicht mehr ganz so jämmerlich wie vorhin.

Das änderte sich schlagartig, als Imke das Thermometer aus meinem Mund zog, mit gerunzelter Stirn auf die Anzeige schaute, dann auf mich, und sagte:

»Am besten bleibst du heute im Bett und kurierst dich aus.«

Ich fühlte mich wie ein Ballon, aus dem jemand die Luft abgelassen hatte. »Im Bett? Heute? Aber … aber heute ist doch der Ausflug zum Leuchtturm«, krächzte ich. Ob die anderen mich überhaupt verstanden?

Anscheinend schon. Imke schüttelte den Kopf. »Da kannst du nicht mit. Ich mache dir jetzt einen Tee und eine heiße Zitrone, dann versuchst du am besten, noch mal zu schlafen.«

Ich war so schwach, dass mir bei der Vorstellung, ganz alleine hierzubleiben, die Tränen kamen. »Mama!«, schluchzte ich. Es hörte sich an wie »Maaaaooaa!« Am besten sprach ich heute nicht mehr. Mit wem auch, wenn alle anderen unterwegs waren?

Ich machte die Augen zu und schreckte hoch, als Imke zwei Tassen und einen Teller mit Obst auf meinem Nachttisch abstellte. Ich trank ein wenig, dann zog es meinen Kopf wieder auf das Kissen und die Augen fielen mir zu.

Als ich aufwachte, ging es mir besser. Der Kopf fühlte sich nicht mehr an wie mit Watte ausgestopft und die Augen gingen komplett auf. Im Haus war es ungewohnt still. Waren alle weg und hatten mich allein gelassen? Ich trank etwas, knabberte ein Apfelstück und wunderte mich über die kleine, goldene Glocke, die neben der

Teetasse stand. Und da war auch ein Zettel. Ich las. Und musste grinsen. Imke meinte, ich müsste verwöhnt werden wie eine Königin und bekäme deshalb natürlich auch ein Glöckchen, um nach der Dienerschaft zu läuten. Das musste ich gleich ausprobieren.

Nach dem Bimmeln dauerte es keine Minute, bis Imke in der Tür stand. »Sie wünschen?«

»Ich wollte es nur mal ausprobieren«, murmelte ich und bekam ein schlechtes Gewissen, weil ich sie für nichts die Treppe hoch gehetzt hatte. Sie nahm es mir nicht übel. »Ich weiß etwas, das dir guttun könnte. Warte kurz.«

Sie ging raus und ich hörte sie in der Badezone rumoren und Wasser rauschen. Schließlich kam sie mit einem großen, weichen Handtuch im Arm zurück.

»Ich habe dir ein warmes Erkältungsbad eingelassen. Was hältst du davon?«

Ich hob die Schultern. Mir war alles recht, wenn diese blöde Seuche nur schnell wieder wegging. Auf dem Weg ins Bad fühlten meine Knie sich arg wackelig an, aber in der Wanne war es wunderbar. Imke befestigte ein Kopfpolster an einer Seite, sodass ich mich richtig bequem ausstrecken konnte. Das Schaumbad roch ungeheuer gesund, das musste doch helfen. Ich lag eine ganze Weile im warmen Wasser und las. Dann merkte ich, dass ich die Augen kaum noch offen halten konnte. Ich krabbelte aus der Wanne, trocknete mich ab und zog einen frischen Schlafanzug an, bevor ich unter die Decke schlüpfte. Keine Minute später war ich eingeschlafen.

Als ich nachmittags die Augen öffnete, kratzte es nur noch leicht im Hals und die Wörter, die ich probehalber sagte, klangen alle verständlich. Ich aß den Teller neben dem Bett leer und trank meinen Tee. Nach einer Weile langweilte ich mich fürchterlich. Ich war doch nicht in Urlaub gefahren, um ganz allein im Bett zu liegen und zu lesen. Das konnte ich schließlich auch zu Hause machen.

Irgendwann griff ich nach meinem Glöckchen. Vielleicht konnte ich Imke irgendwie helfen? Wäsche zusammenlegen oder Socken sortieren?

Diesmal dauerte es länger, bis Imke kam. Und als sie im Zimmer stand, hatte sie einen seltsamen Gesichtsausdruck. Sie guckte mich an, legte mir eine Hand auf die Stirn, überprüfte, was ich gegessen und getrunken hatte. Mit dem Ergebnis ihrer Prüfung schien sie zufrieden zu sein, sie zwinkerte mir zu, legte einen Finger an die Lippen und holte etwas aus dem Flur ins Zimmer. Eine Plastikwanne, die mit Tüchern abgedeckt war. Ganz oben lag eine karierte Decke, die sie über meiner Bettdecke ausbreitete. Was sollte das denn werden? Ich setzte mich im Bett auf. Imke stopfte mir das Kissen in den Rücken und überzeugte sich, dass ich es bequem hatte. Dann zog sie die Tücher auf der Wanne zur Seite. Sofort erschien ein brauner Kopf mit einem roten Kamm.

»Gretel!«, krächzte ich, und bevor Imke mein Lieblingshuhn aus der Transportwanne heben konnte, flatterte es los und landete auf dem Bett. Das reichte Gretel natürlich nicht, sie gab erst Ruhe, als sie sich eng in meine Arme gekuschelt hatte. Dort gackerte sie ein wenig vor sich hin und machte schließlich die Augen zu.

Imke lächelte. »Das bleibt aber unser Geheimnis. Ich weiß nicht, ob alle Gäste so begeistert von Hühnern im Bett wären. Aber Gretel hat dich heute vermisst. Sie ist den ganzen Vormittag über den Hof gelaufen und hat dich gesucht. Deswegen ist sie jetzt auch so müde. Ich fürchte, sie muss sich erst mal erholen. Später könnt ihr euch wieder unterhalten.«

»Kein Problem.« Ich strich sanft über die weichen Federn und beobachtete, wie Gretel im Schlaf Pickbewegungen mit dem Schnabel machte. Ob sie von Körnern träumte? Oder von einem fetten Regenwurm?

»Brauchst du noch etwas?«, fragte Imke. Ohne, dass ich es bemerkte, hatte sie frischen Tee und einen Teller mit belegten Broten auf meinem Tisch abgestellt. »Später bekommst du eine leckere Suppe.«

»Danke.« Ich lächelte sie an. »Ich brauche nichts.

Ich werde Gretel anschauen oder lesen, bis sie ausgeschlafen hat.«

Ein friedlich schlafendes Huhn hatte ich noch nie aus nächster Nähe beobachtet. Es sah lustig aus und Gretel schien tatsächlich zu träumen. Ich hätte zu gern gewusst, wovon Hühner träumten.

Und Müdigkeit war doch ansteckend. Irgendwann beim Gretel-Betrachten musste ich auch eingeschlafen sein, denn ich wurde durch sanftes Picken in meinen Haaren geweckt. Ich schlug die Augen auf und schaute direkt in Gretels Gesicht.

»Huch!«

Sie begrüßte mich mit leisem Gackern. Wahrscheinlich beschwerte sie sich, dass ich geschlafen hatte, als sie aufgewacht war.

Ich kraulte ihren Kopf und das Schimpfen wurde leiser. Sie flatterte auf meine Schulter und schmiegte sich an meinen Hals. Alles in Ordnung, was auch immer gewesen war, sie hatte mir verziehen.

Ich erzählte ihr von unserem Ausritt gestern und musste selbst wieder lachen, als ich an Justins Fast-Tauchgang dachte. Gretel schien ebenfalls zu schmunzeln.

»Gefällt dir das?«

Sie wippte mit dem Kopf hin und her.

Ich erzählte ihr noch, wie Justin Odin und mich wieder nach Hause gebracht hatte. Dann zeigte ich ihr die Fotos, die ich gestern von Mara bekommen hatte.

»Nach Amerika möchte ich auch mal«, sagte ich. »Aber nicht jetzt. Ich glaube nämlich, dass der Karolinenhof tausendmal toller ist als die olle Freiheitsstatue.«

Wo ich das Smartphone schon mal am Bett hatte, nutzte ich gleich die Gelegenheit und machte ein paar Bilder von Gretel.

»Du bist das fotogenste Huhn, das ich kenne«, lobte ich sie.

Gretel gackerte zustimmend.

»Hast du gerade ein Melodie gegackert?« Ich lauschte ganz genau. Tatsächlich klang es ein bisschen wie »Alle meine Entchen«. Ich summte die Melodie. Gretel stutzte, dann gackerte sie mit. Ich wechselte zu »Ein Männlein steht im Walde«. Kurzes Lauschen mit schräg gelegtem Kopf, schon stimmte Gretel ein – ziemlich tonsicher.

»Du bist ja ein lustiges Huhn!«

Sie hüpfte flügelschlagend und wild gackernd über mein Bett. Sah so aus, als wollte sie unbedingt weitersingen.

Ich summte »Der Kuckuck und der Esel«. Eine Strophe lang hörte sie mucksmäuschenstill zu, dann setzte sie ein. Und, kaum zu glauben, man konnte eindeutig die Melodie erkennen.

Ich testete noch zwei Lieder, beide waren kein Problem für Gretel. Dann rief ich Imke.

Sie glaubte es nicht.

»Ja, schon ähnlich. Aber das ist doch Zufall«, sagte sie beim ersten Lied.

Beim zweiten staunte sie schon über die Ähnlichkeit, war aber immer noch überzeugt, dass Gretel auf keinen Fall absichtlich eine Melodie gackerte.

Dann kam »Der Kuckuck und der Esel«. Gretel legte sich voll ins Zeug. Und bei »Kuckuck, Kuckuck, i-aaaah, kuckuck, kuckuck, i-ah!« hörte es auch Imke: Boakboakboakboakboakboaaaaaak, boakboakboakboakboakboak. Ganz eindeutig.

Sie sah von Gretel zu mir und zurück. Wieder zu Gretel.

»Das ist der absolute Wahnsinn!«, flüsterte sie. »Unser Huhn kann singen!«

Sie probierte es auch, pfiff die Melodie von »Alle meine Entchen«. Das kannte Gretel schon. Zwei Töne, und sie gackerte mit.

»Unglaublich.« Imke konnte gar nicht aufhören mit Kopfschütteln. »So etwas hab ich noch nie gesehen oder gehört.«

»Ich auch nicht«, sagte ich. »Aber ich glaube auch nicht, dass Gretel damit groß auftreten möchte. Am besten erzählen wir es nicht zu vielen Leuten auf einmal.«

»Auf keinen Fall!«, rief Imke. »Ich stelle mir gerade mit Grausen vor, wie sämtliche Klatschblätter ihre Reporter herschicken, um das singende Huhn abzulichten und dann überall ihre Nase reinstecken. Nein, eine Berühmtheit brauchen wir hier auf dem Hof nicht.«

»Ihr könntet ja Hausmusikabende mit Gretel veranstalten.«

»Gute Idee.« Imke grinste. »Und bei Gelegenheit testen wir mal, ob von den anderen Tieren nicht vielleicht auch eins besonders musikalisch ist. Dann können wir gleich über einen Chor nachdenken.«

Bei dem Gedanken an wild durcheinander singende Hühner, Kühe, Schafe und Hunde fiel ich vor Lachen fast aus dem Bett. »Schade, dass es das noch nicht gibt.«

»Ich muss mich jetzt erst einmal an das singende Huhn gewöhnen, das finde ich sensationell genug. Außerdem bringe ich unsere Sängerin jetzt mal raus, nicht, dass sie denkt, sie wäre eine Operndiva und dürfte immer im Bett sitzen. Und du kannst noch ein wenig schlafen.«

»Ich bin aber überhaupt nicht müde!«, protestierte ich.

»Wart's ab.« Imke fing Gretel ein, setzte sie in die Wanne und zog die Schutzdecke von meinem Bett. »Verabschiedet euch für heute voneinander, ihr verrückten Hühner.«

Ich pfiff »Hänschen klein«, Gretel gackerte aus der Wanne dazu, dann war Ruhe im Zimmer. Eine Ruhe, die mir auf der Stelle die Augen zufallen ließ. Wie konnte ich schon wieder müde sein? Hatte ich eine Schlafkrankheit? Andererseits – was sonst hätte ich tun sollen? Gretel war weg und keine andere Unterhaltung in Sicht.

Ich kuschelte mich unter die Decke und machte die Augen zu.

Leises Rascheln und Kichern weckte mich. Ich blinzelte. Es war dunkler als vorhin, von draußen fiel kein Licht mehr durchs Fenster, aber Jettes Nachttischlampe brannte.

Auf dem Bett gegenüber saßen Jette, Isabell, Sonja, Florian, Ben und Justin. Als sie sahen, dass ich wach war, zogen sie eine Schachtel hinter ihren Rücken hervor.

»Hier, für dich. Mach auf!«, drängelte Isabell.

Ich setzte mich auf und zog unter den aufmerksamen Blicken meiner Besucher am Deckel. Der saß ganz schön fest. Vorsichtig ruckelte ich, erst rechts, dann links. Jetzt ging es. Ich hob den Deckel ab – und starrte auf ein Meer von Gänseblümchen.

»Wow!« Mehr ging nicht, es hatte mir komplett die Sprache verschlagen. So etwas Hübsches hatte ich noch nie gesehen, geschweige denn geschenkt bekommen.

»Erst haben wir alle ausgebuddelt, die hier im Garten waren, und den Rest den Schafen geklaut«, erzählte Sonja.

»Genau! Die wuchsen hinter dem Deich. Keno hat uns die Schachtel gegeben und Clara wusste, wie man Plastikfolie und Blumenerde da reinbasteln muss, damit es funktioniert!«, rief Jette.

»Wie, Blumenerde?« Vorsichtig zog ich die Blüten ein wenig auseinander. »Sind die wirklich mit Wurzel eingepflanzt?«

»Natürlich!« Florian schüttelte den Kopf. »Was denkst du denn? Dass wir dir so viele Blumen schenken, die morgen schon die Köpfchen hängen lassen?«

»Für kranke Miturlauber gibt es nur das Beste«, versicherte Ben.

Ich musste lachen. Eigentlich war krank sein hier gar nicht so schlimm. Trotzdem wollte ich morgen auf jeden Fall mit zur Wattwanderung.

15

In der Nacht schlief ich wie eine Tote. Imke hatte mir streng verboten, bei der morgendlichen Stallarbeit zu helfen, also wachte ich erst kurz vorm Frühstück auf, als die anderen auch aus den Betten krochen.

Ich blieb kurz liegen und horchte in mich hinein. Keine Schmerzen. Ich fühlte mich frisch und ausgeruht. Gut, die Nase war noch nicht ganz frei, aber wozu gab es Taschentücher?

Beim Frühstück beäugte Imke mich misstrauisch. »Ich weiß nicht, ob das eine gute Idee ist …«

Aber Björn hatte Verständnis. »Jetzt lass das Mädchen mitgehen. Keno und Clara sind dabei, wenn es ihr zu anstrengend wird, kann sie jederzeit umkehren.« Ich hätte ihn knutschen können, aber wahrscheinlich hätte Imke etwas dagegen gehabt, außerdem wollte ich niemanden mit meinem Schnupfen anstecken.

»Unter einer Bedingung«, erklärte Imke. An ihrem

Gesichtsausdruck erkannte ich, dass sie zu allem entschlossen war, um diese Bedingung durchzusetzen. Ich erklärte mich vielleicht schon mal besser im Voraus mit allem einverstanden, ganz egal, was es war. Den Ausflug ins Watt wollte ich unter keinen Umständen verpassen. Also nickte ich, noch bevor Imke zu Ende gesprochen hatte.

Sie sah es, redete aber trotzdem weiter. »Und die Bedingung ist: Ann zieht Gummistiefel an.«

Mehr nicht? Ich hatte sowieso keine große Lust, barfuß über den Wattboden zu marschieren, seit ich in einem Film gesehen hatte, wie viel Getier dort hauste. »Kein Problem!« rief ich.

Gleich nach dem Frühstück machten wir uns fertig.

»Fahren wir etwa wieder mit dem Fahrrad?«, jammerte Isabell.

»Wieso? Hat es dir gestern nicht gefallen?«, wollte Clara wissen.

»Doch, gefallen schon. Aber dieser ständige Wind. Und immer kommt er von vorne, ganz egal, in welche Richtung man unterwegs ist. Mir tun einfach die Beine weh.« Sie machte ein sehr leidendes Gesicht.

Clara lachte. »Dann ist heute dein Glückstag. Björn fährt uns mit dem Hänger.«

Während Isabell jubelte, befühlte ich vorsichtig meinen Po. Das Reiten hatte er gut überstanden. Aber würde er eine weitere Tour mit dem Hänger verkraften?

Egal. Zu der Wattwanderung wollte ich, koste es, was es wolle. Vielleicht konnte ich heimlich mein Kopfkissen mitnehmen und mich draufsetzen.

Alle waren in Shorts und T-Shirts unterwegs, nur ich musste, von Imke streng überwacht, eine lange Hose und ein Langarmshirt anziehen.

»Lass doch gut sein«, rief Björn. »Damit machst du es ja nur schlimmer! Was meinst du wohl, ist besser? Wenn sie mit langer oder kurzer Hose in den Priel fällt?«

»Sie soll gar nicht in den Priel fallen«, knurrte Imke.

»Natürlich nicht. Aber bei einer Wattwanderung gehört das nun mal zu den Risiken. Und wenn sie eine lange Hose anhat, muss sie die ganze Zeit mit klitschnassen Hosenbeinen herumlaufen.« Er nickte mir zu. »Lauf hoch und zieh eine kurze Hose an. Und ein T-Shirt. Nimm für alle Fälle eine dünne Jacke in deinem Rucksack mit.«

Das ließ ich mir nicht zweimal sagen. Aber ich war noch nicht aus der Tür, da ergänzte Imke die Rucksack-Packliste schon: »Und Wechselhose, Wechselsocken, Mütze, Wechseloberteil.«

»Ist gut!« Solange alles in den kleinen Rucksack passte, hatte ich kein Problem damit, die Sachen mitzuschleppen.

Fast hätte ich die Gummistiefel vergessen. Bei strahlendem Sonnenschein und blauem Himmel hatte ich die einfach nicht auf dem Schirm. Aber Imke achtete ganz genau darauf, dass ich sie nicht vergaß und nicht wie alle anderen mit Flip-Flops in den Hänger kletterte.

Ich setzte mich mit Jette so hin, dass wir Justin gut im Blick hatten. Erst einmal musste sie mir jetzt haarklein vom Ausflug gestern berichten. Sie verdrehte die Augen. »Das hätte dir nicht gefallen. Isabell hat sich an Justin rangeschmissen, dass es nicht mehr feierlich war. Er musste sie fast auf der kompletten Strecke schieben, hin und zurück. Beim Leuchtturm hat sie sich auf der Treppe an seinen Arm geklammert und Höhenangst gehabt. Jedenfalls scheint sie jetzt Ernst zu machen mit ihrem ›Ich such mir einen Freund‹-Programm. Dieser Finn scheint abgemeldet zu sein.«

»Ach, vielleicht siehst du das jetzt auch zu eng, weil es dich genervt hat«, überlegte ich.

»Na ja, jedenfalls ist Justin gleichbleibend freundlich geblieben, nicht mehr und nicht weniger, ganz egal, wie sie sich an ihn rangeschmissen hat. Das lässt mich vermuten, dass sie zumindest nicht seine Traumfrau ist.«

»Ach, du meinst, ich sollte heute mal mein Glück versuchen?«

»Ja, warum eigentlich nicht? Sehr gute Idee!«, freute sie sich.

»Ganz bestimmt nicht! Ich unterstütze keine Ann-Versuche!«, schimpfte ich leise.

»Ann-Versuche?« Sie kicherte los. »Das klingt lustig.«

»Trotzdem machen wir so was nicht!« Ich überlegte, wie ich sie von dieser Idee abbringen konnte. Am besten: Ablenkung.

»Wer hatte eigentlich gestern die Idee mit dem Gänseblümchen-Kasten?«

»Rate mal!« Sie grinste mich an.

»Du!«

»Nein!«

»Isabell!«

»Auch nicht!«

»Sonja?«

»Nö!«

»Justin?«

»Die Kandidatin hat ein Paar quietschgelbe Gummistiefel für eine Wattwanderung gewonnen!«, jubelte sie.

»Sehr witzig.« Ich streckte ihr die Zunge raus. »Aber das passt doch zu unserem Verdacht, oder?« Versonnen sah ich zu Justin hinüber, der wohl gerade ein Nickerchen hielt, er hatte sich mit Sonnenbrille ganz entspannt zurückgelehnt. Dass er so romantisch war, hätte ich am Anfang nie gedacht. Besonders die heimlichen Gänseblümchensträuße begeisterten mich. Schade, dass ich Mara nichts davon schreiben konnte, das hätte ihr sicher auch gefallen.

Björn ruckelte mit dem Hänger über eine Wiese bis zum Deich.

Sonja reckte den Kopf. »Hier waren wir noch nie.« Sie stupste Florian an, der sich mit Ben unterhielt. »Oder haben wir hier schon einmal eine Wattwanderung gemacht?

Florian sah sich um. »Nein. Ich glaube nicht.«

»Genau.« Keno wartete, bis der Traktor hielt, dann stand er auf. »Bitte nehmt nur die Sachen mit, die ihr für die Wattwanderung braucht. Alles andere könnt ihr hier im Hänger lassen. Einzige Ausnahme sind die Schuhe. Wer barfuß wandern möchte, lässt seine Schuhe an einer Sammelstelle am Strand. Alles klar?«

Ich meldete mich. »Kann ich den Rucksack mit den Wechselkleidern hierlassen? Erstens gibt es im Watt keine Umkleidekabine, und zweitens wird der doch sonst auch nass, wenn ich in einen Priel falle.«

»Hierlassen«, entschied Keno. »Aber hier fällt heute keiner in irgendwelche Priele, habt ihr gehört?«

Alle nickten.

Wir kletterten vom Hänger und stiegen die schmale

Treppe hoch, die auf den Deich führte. Von oben sah man – nichts. Jedenfalls kein Meer. Ebbe mit nacktem Meeresboden, wohin das Auge blickte.

Auf der anderen Seite hatte der Deich keine Treppe. Johlend stürmten Jette, Ben, Sonja und Florian den Hang hinunter. Ich wäre ja gern im Liegen bergab gekugelt, aber bei meinem Glück wäre ich sicher bäuchlings im Matsch gelandet. Also ging ich doch lieber zweibeinig. Clara zeigte uns die Schuhaufbewahrungskiste, in der alle ihre Sandalen oder Flip-Flops verstauten. Ich schwitzte jetzt schon in den Gummistiefeln.

»Leute, hört mal her.« Keno klatschte in die Hände, um sich Gehör zu verschaffen. »Das ist Sören, unser Wattführer für den heutigen Tag. Er wird mit uns durchs Watt wandern und alles erklären. Bitte hört auf das, was er sagt – besonders, wenn es darum geht, wo man laufen soll und wo besser nicht.«

»Moin!«, grüßte Sören. Er trug blaue Latzhosen-Shorts, darüber eine verwaschene Sweatjacke und er lief barfuß. In der Hand hielt er einen Spaten. »Dann folgt mir mal wie die Entenküken ihrer Mutter. Eine lange Reihe bitte!«

Er trat als Erster in den Schlick und sank ein wenig in der braun-grauen Matsche ein.

»Iiiih!« Isabell, die hinter ihm ging, bremste ab. »Kann ich meine Schuhe doch noch holen?«

Sören rollte mit den Augen. »Kinners, das ist ein ganz natürliches Material, es beißt nicht und löst auch nicht das Fleisch von den Knochen. Wer seine Schuhe braucht, soll sie bitte holen. Aber überlegt vorher, ob es sinnvoll ist, in Flip-Flops durchs Watt zu wandern. Wenn die im Schlick stecken bleiben, dann sind sie weg.«

Isabell brauchte nicht lange, um abzuwägen, ob sie ihren goldenen Sandalen mit Perlen eine Matschpackung verpassen sollte. Seufzend setzte sie einen Fuß in den Schlamm. Sofort quoll Schlick zwischen ihren Zehen hindurch. Schön aussehen tat es wirklich nicht. Zum ersten Mal freute ich mich über die gelben Gummistiefel. Es gab laute Quatsch-Geräusche, als ich Wattboden betrat, aber meine Füße blieben sauber. Nach ein paar Metern hielt Sören an. Wir sollten uns in einem Halbkreis um ihn stellen.

»Was seht ihr hier?« Unser Wattführer deutete auf den Boden.

»Matsch!«, rief Sonja.

»Muscheln«, fügte Isabell hinzu.

Ben meldete sich. Als Sören ihn drannahm, grölte er: »Matschmonster!«

»Die Monster sind natürlich Quatsch, aber Muscheln gibt es im Schlick sehr wohl. Und viele andere Tiere. Die sehen wir uns jetzt an.«

Er stieß den Spaten fest in den weichen Boden. Der

Matschbrocken, den er heraushob, sah völlig unbewohnt aus. Aber nur auf den ersten Blick.

Sören zeigte uns Muscheln, Watt- und andere Würmer, Strandkrabben und sonstige Wattbewohner. Sein absolutes Lieblingstier schien der Wattwurm zu sein. Er pulte gleich mehrere davon aus dem Schlick und hielt sie uns vor die Nase, dazu berichtete er von den Wohnröhren der Tiere im Boden.

»Seht ihr diese Sandhaufen am Boden?«

Natürlich, nur ein Blinder mit Krückstock hätte sie nicht sehen können. Die Dinger waren überall, dicht an dicht.

»Das ist Wattwurmkacke«, verkündete Sören freudestrahlend.

Isabell, Monja und Gabi rannten kreischend zurück zum Strand.

»Ich geh da nicht mehr barfuß drauf«, verkündete Isabell. »Das ist die reinste Kläranlage – bäh!«.

Sören lachte. »Meine Damen, bitte keine Aufregung. Wattwurmexkremente bestehen ausschließlich aus Sand. Der Wurm frisst Sand, der Wurm scheidet Sand aus. Alles ganz sauber und kein Grund davonzulaufen.«

»Wir hören erst mal von hier aus zu«, rief Isabell und wischte ihre Füße mit einem Papiertaschentuch sauber.

Davon hatten sie nicht lange etwas. Wir wanderten

weiter hinaus und ihnen blieb nur, uns hinterherzurennen, wenn sie den Anschluss nicht verpassen wollten. Das taten sie dann auch, mit wehenden Haaren und von unten bis oben schlammbespritzt.

»Dir klebt da was am Bein.« Ben zeigte auf Isabells Knie. »Vielleicht ein Wattwurm …«

»Mir egal«, unterbrach sie ihn. »Ist eh nur Sand.«

Jetzt wurde der Boden immer feuchter. Meine Gummistiefel quatschten bei jedem Schritt und wir sanken teilweise bis über die Knöchel ein. Wie gut, dass ich hohe Stiefel hatte.

In einer Pfütze füllte Sören zwei Marmeladengläser mit Wasser.

»Was denkt ihr, was das wird?«

»Trübes Wasser«, sprach Justin das Offensichtliche aus.

»Gut beobachtet«, feixte Sören. »Aber in diesem Glas hier werden wir das Wasser reinigen lassen. Wie?«

»Spülmittel rein.« Ben.

»Warten, bis die ganzen Sandteilchen nach unten gesunken sind.« Sonja.

Ich meldete mich. »Mit Muscheln. Muscheln filtern Schmutz aus dem Wasser.« Wie gut, dass ich zugehört hatte, als mein Onkel meiner Tante einen langen Vortrag über sein Aquarium mit den gar nicht so langweiligen Muscheln drin gehalten hatte.

»Ganz richtig. Wir machen den Muschel-Test«, erklärte Sören und warf eine Handvoll Muscheln in eins der Gläser. Dann schraubte er den Deckel zu und stellte die Gläser auf zwei Holzpfosten ab.

16

»Und jetzt werdet ihr herausfinden, warum Wattwanderungen Wattwanderungen heißen und nicht Wattbummel«, verkündete Sören und marschierte los. Weg vom Land, hinein in die unendlichen Matschweiten. Wir platschten und quatschten hinterher.

»Ich stecke fest!«, brüllte Justin plötzlich.

Wir drehten uns zu ihm um. Tatsächlich waren seine Beine bis über die Knie im Schlick verschwunden.

»Das kann hier gar nicht sein«, sagte Sören.

»Es ist aber so!«, rief Jette. Sie rannte los, um Justins Hand zu packen. Ich nahm die andere.

Isabell fing an zu weinen. »Wir werden alle nie wieder nach Hause kommen! Das ist bestimmt kein Watt, das ist Treibsand, und gleich sind wir alle weg.«

Sören klopfte ihr auf die Schulter. »Unsinn. Hier ist noch niemand versunken.« So wirklich überzeugt sah er aber nicht aus.

»Es zieht mich weiter runter, ich spüre es!«, schrie Justin. »Helft mir doch!«

Jette und ich zogen, aber er bewegte sich nicht. Wahrscheinlich steckte er schon zu fest im Schlamm.

Sören fasste nicht mit an. Er rief auch keine Hilfe. Er umkreiste den versunkenen Justin und murmelte irgendetwas vor sich hin.

Keno und Clara stellten sich neben Jette und mich. »Bei drei«, kommandierte Keno. »Mit voller Kraft. Eins, zwei, drei!«

Wir zogen, so fest wir konnten. Ich war mir sicher, dass Justin sich ein Stückchen in unsere Richtung bewegte, da fing er an zu schreien: »Au, au! Aufhören, nicht mehr ziehen! Das bringt nichts, es hält mich fest. Ich kann es fühlen an meinen Beinen. Es hat Saugnäpfe oder so was!«

Isabell schrie auf und vergrößerte ihren Abstand zu der Stelle, an der Justin feststeckte. Neben mir schnaubte jemand. Ich drehte mich um und sah Ben in ein Taschentuch prusten. Seine Schultern zuckten.

»Statt zu heulen, könntest du deinem Freund mal helfen!«, meckerte ich ihn an. »Heulen kannst du immer noch, wenn er komplett versunken ist!«

Bens Augen erschienen über dem Rand des Taschentuchs. Sie waren rot und feucht. Er weinte tatsächlich.

Warum hatten die alle solche Panik? An Wattmonster glaubte ich nicht. Aber wir mussten Justin da rausholen.

Ich übernahm das Kommando. »Los, noch mal!«

»Nein!« Justin schüttelte unsere Hände ab. Er war ganz rot im Gesicht. »Lasst mich einfach hier versinken.« Sein Mund zuckte. »Haut ab, sonst erwischt euch das Monster auch noch!« Er senkte den Kopf und schlug die Hände vors Gesicht. Alle starrten ihn an. Isabell schluchzte laut. »Ich will nach Hause! Ich will hier nicht mehr rumlaufen! Das ist unheimlich!«

Bens komplettes Gesicht war jetzt wieder hinter dem Taschentuch verschwunden, sein ganzer Körper zitterte. Er musste einen richtigen Weinkrampf haben.

Ich war ganz ruhig. Es kam mir vor, als würde ich einen Film schauen. Dass Justin hier vor unseren Augen im Matsch versank, gezogen von einem Monster – das ging mir nicht in den Kopf.

»Jetzt ist Schluss mit dem Theater!« Sören griff energisch nach Justins Arm.

Der fuhr zurück, das Gesicht immer noch hinter den Händen, und wimmerte: »Nein, nicht! Es tut zu weh!«

»Wir müssen Hilfe holen!«, rief Clara.

»Nein. Dieses Monster besiegen wir ganz allein«, sagte Sören. »Es ist auch gar nicht so schwer.«

Er deutete auf den Boden. »Seht ihr das? Hier ist der Kanal zur Höhle des Monsters, da muss euer Kumpel direkt reingetreten sein, sonst wäre er nicht so tief eingesunken. Da, wo ihr steht, also keine zehn Zentimeter weiter, ist der Boden viel fester. Faszinierend, oder?«

Wir guckten auf unsere Füße. Sie steckten maximal bis zu den Knöcheln im Matsch.

»Diese Art Wattmonster ist raffiniert«, fuhr Sören fort. »Aber es gibt eine Möglichkeit, ihre Opfer zu befreien.«

Er stellte sich hinter Justin. »Man muss den Eingang zu ihrer Höhle schräg angraben.« Mit dem Spaten zog er eine Linie in den Matsch. Justin zuckte zusammen und ließ die Hände sinken. Sören kratze ein bisschen Schlick weg. »Ungefähr hier müssen wir buddeln.«

Justin verzog das Gesicht. »Okay, Mann, du hast gewonnen.«

Sören grinste. »Wusste ich's doch. Solche Monster sind ziemlich harmlos.«

»Harmlos?« Isabells Stimme überschlug sich. »Wie kann etwas harmlos sein, das einen so tief in den Matsch zieht?«

Ich guckte zu der Linie, die Sören gezogen hatte und die inzwischen im Schlamm kaum mehr zu erkennen war. Warum hatte Justin gezuckt, als der Spaten hier durchgezogen wurde? Ich beugte mich vor und grub eine Hand in den Schlamm. Quabbelig weicher Matsch, wie erwartet. Aber ein Stückchen tiefer bekam ich etwas anderes zu fassen.

»Nicht! Ich bin kitzlig!«, rief Justin. Der Schlick geriet in Bewegung und ein verschmierter Fuß tauchte auf.

»Ein Wunder!«, jubelte Sören. »Das Monster gibt sein Opfer frei!«

»Nein!« Ich starrte Justin an. »Du hast die ganze Zeit gekniet?«

Hinter mir explodierte Ben vor Lachen. »Und ... und ... und ihr habt ... habt ... habt es alle geglaubt!«, kicherte er. »Das war so lustig!«

Auch Justin lachte los. Er zog erst ein Bein aus dem Matsch, dann das andere. Jetzt sah er aus, als trüge er lange braune Kniestrümpfe. Ich konnte nicht anders, ich musste auch lachen. Es sah zu komisch aus, wie er völlig matschverschmiert da stand und sich kaputtlachte über seinen eigenen blöden Witz. Alle lachten mit.

»Mensch, da hast du uns aber richtig reingelegt«, rief Keno.

»Ich bin voll erschrocken«, sagte Clara.

»Und ich erst!« Ein Matschbrocken traf Justin an der Schulter, der nächste am Kinn. »Du Blödmann! Ich hatte solche Angst! Das war nicht witzig!«, kreischte Isabell. Jetzt trommelte sie mit Fäusten auf seinen Rücken. »Ich dachte, du stirbst!« Tränen strömten ihr übers Gesicht.

Sören sah Justin an und zuckte mit den Schultern. »Mit so was muss man auch rechnen, wenn man so schräge Späße macht. Das ist nichts für Leute mit schwachen Nerven.«

Justin hatte Isabells Handgelenke genommen und hielt sie fest. Er sah ihr ins Gesicht. In meinem Bauch regte sich etwas und es waren definitiv nicht die Schmetterlinge. Hunger auch nicht. Jetzt kam ein bitterer Geschmack im Mund dazu. Eifersucht? Fühlte sich das so an? Aber worauf? Auf einen hysterischen Auftritt?

Nein, er sollte mich auch so anschauen! Ohne, dass ich vorher so ausflippte, selbstverständlich.

»Es tut mir leid, Isabell! Ich wollte niemanden erschrecken. Ich dachte, es ist klar, dass es ein Scherz sein soll, wenn ich von einem Monster rede! Schließlich hat Sören vorhin gerade gesagt, es gibt keine Matschmonster.«

»Der weiß auch nicht alles!«, schniefte Isabell. »Ich möchte hier nicht mehr laufen.«

»Na gut, was hältst du davon? Als Entschädigung für den Schreck nehme ich dich auf die Schultern«, bot Justin an. »Ein Stück, so weit ich es schaffe. Wenn ich anfange, unter deinem Gewicht zu versinken, musst du runter. Okay?«

Ich knirschte mit den Zähnen. Jette nahm meine Hand. »Hey, kein Grund zu knurren.«

Sie zog mich hinter sich her, sodass wir kurz hinter Sören liefen, weit vor dem schwer beladenen Justin.

»Denk nicht mehr dran. Das hat nichts zu bedeuten, glaub mir. Und du weißt – ich bin deine Expertin.«

Seufzend nickte ich. Gemeinsam suchten wir Muscheln und Schnecken. Wir beobachteten eine Garnele und erwischten eine Strandkrabbe, die sich gerade eingraben wollte. Trotzdem lauschte ich die ganze Zeit nach hinten, wo immer öfter Isabells helles Lachen zu hören war.

Sören führte uns zu einem breiten Priel. Hier gab es besonders viele Tiere. Und eine Möglichkeit, den Schlamm loszuwerden. Justin setzte Isabell endlich ab und schüttelte seine Schultern aus. Dann watete er bis über die Knie ins Wasser. »Mann ist das kalt!«, keuchte er. »Aber einem echten Helden ist nichts zu schwer, um die Spuren einer Matschmonsterattacke zu beseitigen.« Grinsend schrubbte er seine Beine und bespritzte uns dabei.

Ich ging ein Stück zur Seite. »Willst du auch Hände waschen?«, fragte ich Jette. Gemeinsam stiegen wir am Rand des Priels ins Wasser.

»Huch!« Jette klammerte sich an meinen Arm. »Ist das rutschig hier! Jetzt wäre ich fast reingefallen.«

»Ich hätte dir meine Wechselkleider gegeben«, tröstete ich sie. Ich war gar nicht gerutscht, merkte aber, dass die Stiefel ziemlich tief einsanken und das Wasser fast oben reinschwappte.

Ich säuberte meine Finger. Jette war schon wieder aus dem Wasser geklettert. Ich wollte ihr folgen, aber ich konnte mich nicht einmal umdrehen.

»Jette! Ich steck fest!«

Keine Antwort. Ich drehte den Kopf so weit wie möglich und sah, dass sich alle ein Stück weiter um irgendetwas am Boden geschart hatten, das Sören erklärte.

»Heeeee! Hallo!«, brüllte ich.

Keno sah auf und winkte mir. Dann vertiefte er sich wieder in Sörens Vortrag. Verflixt, was nun?

Ich versuchte, die Füße zu heben. Nichts. Beide steckten fest.

Ich verlagerte mein Gewicht auf das rechte Bein und begann, am linken Stiefel zu rütteln. Er bewegte sich nicht. Dafür lief eine ordentliche Ladung Wasser hinein. Andersrum hatte ich auch nicht mehr Erfolg.

Niemand guckte zu mir. Ob es ihnen auffallen würde, wenn ich ganz unterging? Allerdings war ich sehr erleichtert, dass die Füße mit der Zeit nicht immer tiefer versanken. Also war das hier wohl kein Fall von Matschmonsterangriff.

Ich ruckelte wieder an den Stiefeln. Nichts.

»Was machst du da?«

Ich sah auf. Justin stand am Rand der Priels und betrachtete mich neugierig.

»Ich stecke fest.« Was für eine innovative Antwort!

Er riss die Augen auf. »Du verarschst mich!«

»Nein! Es wäre ja ziemlich witzlos, denselben Scherz doppelt zu machen, oder?«

»Hmm. Wenn er gut war, gibt es immer Nachahmer.« Er sah mich an. »Aber ich glaube nicht, dass du einer bist. Du hast eigene Ideen.«

»Danke.« Das half mir jetzt nicht wirklich weiter. »Magst du mir vielleicht helfen?«

»Klar!« Er ging wieder ins Wasser und watete zu mir. Dann guckte er sich den Schaden erst mal genauer an. »Die stecken ganz schön tief drin.« Er kratzte sich am Kopf. »Vielleicht ist es einfacher, Füße und Stiefel getrennt zu befreien.«

Wie bitte? Ich sah ihn an.

»Versuch mal, einen Fuß aus dem Stiefel zu ziehen. Du kannst dich an mir festhalten.«

Ich griff mit einer Hand nach seiner Schulter, mit der anderen hielt ich den Stiefel fest und zerrte, so stark ich konnte.

»Es klappt!« Langsam rutschte mein Fuß aus dem Gummistiefel. Einen Moment hielt ich ihn in die Luft. »Und jetzt?« Ich deutete auf den Socken.

»Ins Wasser damit«, sagte Justin. »Ist doch sowieso

schon nass. Viele Leute machen Wattwanderungen in Socken, da fällst du gar nicht auf.«

Das Wasser war eisig kalt. So schnell wie möglich zog ich auch den zweiten Fuß aus seinem Gefängnis.

»Gut, Teil eins hat funktioniert. Hoffen wir, dass Teil zwei auch klappt.« Er bückte sich und zerrte an einem Stiefel. Ich nahm mir den anderen vor.

»Was tut ihr da?« Jette sah uns zu.

»Meine Stiefel stecken fest«, keuchte ich.

»Bestimmt hält das Matschmonster sie fest«, sagte Justin lachend.

»Gibt es schon wieder ein monstermäßiges Problem?«, fragte Sören.

»Nein, nichts mit Monstern. Aber ein Problem schon.« Ich trat zur Seite. »Meine Stiefel sind stecken geblieben. Beide.«

Sören schüttelte den Kopf. »Heijeijei. Ihr wollt wohl nicht, dass mir langweilig wird.« Er stieg zu uns in den Priel. »Achtung!«

Wir traten zur Seite. Sören buddelte erst einen Stiefel aus, dann den anderen. »Jetzt pass aber gut darauf auf.«

Das hatte ich vor. Ich spülte beide Stiefel ab und klemmte sie mir unter den Arm.

»Solltest du die nicht anziehen?«, fragte Keno.

Ich zuckte mit den Schultern. »Eigentlich schon. Aber sie sind nass. Innen. Deshalb denke ich, dass es barfuß besser ist. Gelbe Gummistiefel gehören nämlich zu den Lieblingsspeisen der raffinierten Matschmonster, und ich möchte auf keinen Fall in den Schlamm gezogen werden.«

Er zuckte mit den Schultern. »Deine Angelegenheit. Wenn Imke mich fragt, habe ich nichts gesehen.«

Lustig planschend stapften wir zurück zu unserem Ausgangspunkt. Sören holte die beiden Gläser von den Pfosten. »Na, was seht ihr?«

Wir drängten uns um ihn und die Gläser. In einem war die gleiche trübe Plörre wie vorhin. Im anderen, dem mit den Muscheln, sah das Wasser deutlich durchsichtiger aus.

»Das ist sauberer«, sagte Ben und zeigte auf das Muschelglas.

»Stimmt.« Sören zeigte das Glas in die Runde. »Die Muscheln filtern das Wasser, dadurch wird es sauber.«

»Sehr praktisch!«, rief Jette.

Das fand ich auch. »Ich hätte gern überall in meinem Zimmer Muscheln, die mein Chaos filtern«, murmelte ich.

Sören hatte es gehört und lachte. »Das geht aber nur mit Wasser.«

Ich zuckte mit den Schultern. »Na und? Wenn die für mich aufräumen, wohne ich auch gern in einem überfluteten Zimmer.«

Am Abend nahm ich mir viel Zeit für Gretel. Als alle anderen reingegangen waren, sangen wir noch ein bisschen. Ein paar Hühner legten sich in der Nähe hin und hörten zu. Aber keins von ihnen gackerte die Melodie mit.

Und als Gute-Nacht-Geschichte erzählte ich den Hühnern unsere Erlebnisse im Watt. Gretels Gackern klang wie ein Kichern, und auch ich musste jetzt lachen, wenn ich daran dachte, wie sauer und eifersüchtig ich gewesen war. Warum nur? Es gab wirklich keinen Grund dafür.

17

Ich wachte auf und wusste nicht, wo ich war. Im Traum hatte ich im meinem Zimmer zu Hause gesessen und etwas gesucht, von dem ich wusste, dass ich es finden musste – aber ich hatte keine Ahnung gehabt, wonach ich suchen sollte. Der Boden hatte sich in blubbernden Schlick verwandelt, riesige Aufräum-Muscheln waren mit klappernden Schalen zwischen den mit Gänseblümchen geschmückten Regalen herumgeflitzt und hatten alles aufgesaugt, was ihnen in den Weg kam, und ich hatte immer verzweifelter gesucht. Aber nichts gefunden. Sehr, sehr verwirrend. Jetzt lag ich in einem fremden Bett in einem fremden Zimmer – und um mich herum fremde Mädchen. Ich blinzelte. Plötzlich fiel es mir wieder ein.

Was für ein merkwürdiger Traum! Vielleicht ein verspäteter Wattkoller? Das hier war überhaupt nicht fremd. Natürlich war ich in meinem Bett auf dem Karolinenhof. Noch. Denn jetzt erinnerte ich mich auch an alles andere. Heute war der letzte Tag. Am Nachmittag stieg die Abschiedsparty. Heute würde ich herausfinden, wie Justin wirklich zu mir stand. Entweder Jette fragte ihn, oder ich musste es selber tun. Auf einmal war ich hellwach, das Herz klopfte mir bis zum Hals.

So würde ich auf keinen Fall wieder einschlafen. Es war sowieso schon hell, also konnte ich auch aufstehen. Leise schlüpfte ich aus dem Bett, nahm meine Kleider vom Stuhl in der Ecke und huschte ins Bad. Während ich mir Wasser ins Gesicht spritzte, malte ich mir aus, was Justin sagen würde. Ob er mich tatsächlich mochte? Jette war sich sicher. Aber was, wenn es nicht stimmte und er schreiend davonlief? Dann würde ich sofort im Boden versinken!

Ich trocknete mich ab und schlüpfte in die Kleider. Auf der Treppe traf ich Ben und Justin.

»Sehr gut!«, sagte Justin. »Dann können wir endlich zusammen Brötchen holen.«

Ohne zu überlegen, nickte ich – und hätte mir am liebsten in den Hintern getreten. Er erwartete doch bestimmt, dass ich die Ponys anschirrte und dann den Sulky lenkte.

Angriff war immer noch die beste Verteidigung. »Du kannst doch anschirren?«

»Klar. Und lenken auch, wenn dir das Sorgen macht.«

Er lächelte mich an und ich merkte, wie sich mein Mund ganz von selbst zu einem breiten Grinsen verzog. Konnte man irgendwas tun, um das abzustellen? Auf keinen Fall wollte ich mich so blöd benehmen wie Maras Schwester und ihre Freundinnen.

Imke und Björn waren höchst erfreut über sechs helfende Hände. Ben verschwand gleich mit einer Schubkarre im Kuhstall.

Justin stand schon beim Sulky. »Lass uns die Ponys holen.«

»Kannst du das machen?«, bat ich. »Ich möchte schnell die Hühner füttern.«

Schulterzuckend verschwand er im Stall. Ich sauste zum Hühnergehege, schnappte mir den Futtereimer und den Eierkorb, die davor auf mich warteten.

Ich raschelte mit dem Futter. Sofort stürmte Hänsel aus dem Haus und kletterte auf den kleinen Hügel, um alle wach zu krähen. Seine Damen folgten wie immer langsamer.

Ich streute die Körner in Gehege aus, dann klappte ich das Hühnerhaus auf. »Na, wo habt ihr heute eure Eier versteckt?«

Etwas plumpste auf meinen Rücken. Als ich mich umdrehte, sah ich in zwei kluge Augen in einem braun gefiederten Gesicht.

»Guten Morgen, Gretel.«

Zur Antwort gluckste sie leise und rieb ihren Schnabel an meiner Wange.

Ich summte »Froh zu sein bedarf es wenig«, Gretel nahm die Melodie sofort an. Vielleicht würden wir eines Tages sogar einen Kanon schaffen?

»Weißt du, mein Super-Singhuhn, heute ist ein großer Tag«, erklärte ich ihr. »Mein großer Tag. Vielleicht habe ich heute Abend einen Freund.«

Sie starrte mich an, wackelte mit dem Kopf hin und her und pikste dann mit ihrem Schnabel in meine Wange.

»Aua! Was soll das denn heißen? Findest du das nicht gut? Oder meinst du, dass ich irgendwas übersehen habe? Das kann gar nicht sein. Jette hilft mir, wir haben das Kaugummi-Orakel befragt und Justin beobachtet. Jetzt fahre ich mit ihm zum Brötchenholen.«

Ich legte das letzte Ei in den Korb und klappte die Hauswand zu. Gretel gackerte einmal und flatterte von meinem Rücken. Ohne mich noch eines Blickes zu würdigen, begann sie Körner aufzupicken. Was war jetzt los? War sie etwa beleidigt? Ich wollte sie noch einmal streicheln, aber sie trippelte davon. Ich summte verschiedene Lieder, sie reagierte gar nicht.

»Dann eben nicht.« Ich verließ das Gehege, stellte den Korb mit den Eiern vors Haus und lief zum Sulky.

Justin hatte Ping und Pong angespannt und kratzte ihnen gerade die Hufe aus.

»Von mir aus kann es losgehen.« Ich kletterte auf den Sitz.

»Moment!« Er stellte Pongs Hinterhuf auf den Boden und griff nach dem Vorderbein. »Huf!« Gehorsam hob Pong das Bein und Justin kratzte den Schmutz aus dem Huf. Dann stieg er ebenfalls ein und nahm die Zügel. »Möchtest du lenken?«

»Nee, mach du mal. Aber ich sage dir, wo es langgeht.« Zum Glück hatte ich mir den Weg zur Bäckerei gemerkt.

Wir rollten vom Hof und plötzlich wurde mir bewusst, dass ich das erste Mal völlig allein mit Justin war. Was sollte ich nur mit ihm reden? Ich konnte nur an die Frage denken, die ich ihm heute Abend stellen wollte. Oder sollte ich jetzt schon? Nein, dabei brauchte ich Jette zur Unterstützung.

»Freust du dich schon wieder auf die Schule?«

Er sah mich an, als wäre ich verrückt geworden. »Freuen? Auf die Schule? Wer macht denn so was?« Er schüttelte den Kopf. »Zum Glück haben wir noch zwei Wochen Ferien. Musst du etwa gleich am Montag wieder ran?«

»Nein. Bei uns ist auch noch eine Woche frei«, sagte ich. »Aber ein wenig freue ich mich jetzt schon, alle wiederzusehen.«

»Na ja, meine Freunde kann ich auch in den Ferien treffen. So wie Ben.« Er lenkte den Sulky an den Straßenrand. »Gehst du rein?«

Ich hatte gar nicht gemerkt, dass wir schon vor der Bäckerei angekommen waren. Während ich wartete, dass die nette Bäckersfrau die Tüten mit der Bestellung für den Karolinenhof füllte, dachte ich über unser Gespräch nach. Er hatte nur von Freunden gesprochen, kein Wort von einer Freundin. Alles würde gut werden – abgesehen davon, dass er mich jetzt wahrscheinlich für eine Streberin hielt, weil ich mich auf die Schule freute. Ich musste ein bisschen cooler werden.

»Was hast du heute für Pläne?«, erkundigte ich mich, als ich mit Tüten beladen wieder in den Sulky krabbelte. Heute gab es kein offizielles Programm, weil Keno und Clara mit der Vorbereitung der Abschiedsparty beschäftigt waren – und wahrscheinlich auch mal Zeit brauchten, um sich von uns zu erholen.

»Nichts Besonderes.« Er schnalzte mit der Zunge und lenkte die Ponys auf die Straße. »Vielleicht ein paar Runden Tischtennis. Oder Volleyball. Und Chillen. Sonst schlaf ich heute auf der Party ein.«

Ich nickte. Konnte er jetzt nicht mich fragen, ob ich Lust hatte, auch Tischtennis zu spielen? Aber er starrte nur auf die platten, grünen Wiesen. »Die Woche ging echt schnell rum.«

»Viel zu schnell«, bestätigte ich. »Es ist so schön hier, findest du nicht?«

»Doch, klar!« Er schenkte mir ein strahlendes Lächeln. »Imke und Björn sind echt cool, der ganze Hof ist cool. Und alle Gäste sowieso.«

Na also, wenn das kein Kompliment war! Zu den Gästen gehörte ich immerhin auch.

Eigentlich wollte ich noch fragen, ob er mit mir tanzen würde, aber ich bekam den Mund nicht auf. Was, wenn er nicht wollte? Oder, schlimmer noch, wenn er wollte, und ich trat ihm dann ständig auf die Zehen? Nee, das versuchte ich lieber spontan bei der Party.

Kaum hatten Ping und Pong auf dem Hof angehalten, sprang ich ab, sammelte meine ganzen Tüten zusammen und lief ins Haus.

»Bis später!«, rief er mir hinterher. Ja, bis später. Was würde da wohl passieren?

18

Jette deckte den Tisch. Sie sah mir erwartungsvoll entgegen. »Und?«

»Was und?« Ich legte die Brötchentüten ab.

»Na, ihr wart doch zusammen unterwegs. Gibt es was Neues?«

Ich überlegte. »Er hat mir ein Kompliment gemacht.«

»Sehr gut.«

»Also, eigentlich hat er alle Gäste gelobt. Mich halt auch mit«, gab ich zu.

»Hmmm.« Jette wiegte den Kopf hin und her. »Nicht ganz so gut.«

»Ich weiß!« Ich seufzte. »Manchmal bin ich mir so sicher, dass er mich mag, und dann wieder nicht! Warum muss das so kompliziert sein?«

»Weil es sonst nicht spannend wäre«, sagte Jette. Sie stellte Tassen auf die Tische. »Wart's ab, nachher halten wir Kriegsrat.«

Aber nach dem Frühstück zog Sonja Jette zur Seite und tat furchtbar geheimnisvoll. Von ihrem Gemurmel verstand ich nur »muss es wissen« und »Kaugummi«. Wollte sie etwa das Orakel befragen? Wozu das denn? Sie hatte doch Florian.

»Wir treffen uns in der Scheune«, sagte Jette. »Ich muss vorher noch was erledigen.«

»Okay. Oben auf dem Boden?«

Sie nickte.

»Ich geh schon mal vor.«

Ich machte einen kleinen Umweg bei den Hühnern vorbei. Gretel war nicht zu sehen. Ob sie immer noch schmollte? Zum Glück kam sie gleich angeflattert und ließ sich den Kopf kraulen. Nur singen wollte sie nicht. Ich summte eine Weile allein, dann verabschiedete ich mich und ging zur Scheune.

Das war mein absoluter Lieblingsort auf dem Hof. So schön hell, so groß, und dieser Heu-Duft! Ich ging zur Leiter und kletterte zum Boden hoch. Durch die Dachluken hatte man eine grandiose Aussicht über den ganzen Hof.

Ich sah Björn, der am Traktor herumschraubte, Wilibald und Shaun, die gemeinsam ums Haus strichen, hörte Rufen und Gelächter von der Wiese hinter dem Haus. War dort das Volleyballspiel schon im Gange?

Ich kletterte auf einen Heuballen. Jetzt hatte ich den

Hof mit Hühnergehege und das Haus im Blick. Eben sprangen Justin und Ben die Treppe herunter. Mein Herz schlug schneller. Sie schienen auf dem Weg zur Wiese zu sein. Kurz bevor sie um die Hausecke bogen, blieb Justin stehen und drehte sich um. Isabell war auch rausgekommen und hatte ihn wohl gerufen. Er sprach kurz mit Ben, dann verschwand der hinter dem Haus und Justin schlenderte mit Isabell über den Hof. Ich konnte nicht verstehen, was sie sprachen, aber Isabell schien ihm etwas ins Ohr zu flüstern, so dicht, wie sie die Köpfe zusammensteckten. Dann blieb Justin stehen und schüttelte den Kopf. Isabell trat ganz nah zu ihm und nahm seine Hände. Er machte einen Schritt nach hinten und zog seine Hände zurück. Sie redete auf ihn ein, er schüttelte den Kopf, immer wieder. Sie legte ihm eine Hand auf den Arm, er schob sie weg.

Ich wollte das eigentlich nicht beobachten. Das, was dort passierte, war privat, sehr privat. Aber ich konnte mich einfach nicht abwenden. Ich hatte das Gefühl, mich selbst zu beobachten, wie ich um Justins Zuneigung kämpfte. Und plötzlich war ich sicher, dass es mir nicht besser ergehen würde als Isabell. Gleichzeitig wurde ich wütend. Wie kam sie überhaupt dazu, ihn so anzubaggern? Hatte sie nicht mehrmals von diesem Finn erzählt, in den sie angeblich soooo verliebt war? Was, bitte schön, tat sie dann da gerade? Wie gern hätte ich »Pfoten weg, er gehört mir!« aus dem Fenster gebrüllt, aber ich beherrschte mich und sah weiter zu. Sie schien zu weinen, jedenfalls fuhr sie sich mit den Händen über die Augen. Dann griff sie wieder nach seinen Händen. Er wich zurück, die Arme erhoben, als wollte er sich ergeben. Ein deutliches Kopfschütteln, dann drehte er sich um und lief mit großen Schritten ums Haus.

»Justin!«, schrie sie ihm hinterher, aber er reagierte nicht.

Isabell blieb auf dem Hof stehen wie ein Boxer kurz vorm Kampf, leicht vorgebeugt, ihre Hände schlossen sich zu Fäusten, öffneten sich wieder, schlossen sich. Als Sonja und Florian lachend aus dem Haus traten, wich Isabell zurück und huschte in den Schatten der Scheune. Jetzt konnte ich sie nicht mehr sehen. Aber hören. Quietschend schwang die Scheunentür auf und fiel kurz darauf krachend wieder zu. Jemand schluchzte.

Sollte ich runterklettern und sie trösten? Allerdings musste ich dann zugeben, dass ich sie beobachtet hatte. Am besten blieb ich einfach hier oben, sie würde sich schon wieder beruhigen.

Aber das Schluchzen ging weiter. Schließlich öffnete sich wieder mit einem Knarzen das Tor. Ich lauschte. Isabell verstummte und zog deutlich die Nase hoch.

»Hej. Was machst du denn hier?« Jettes Stimme.

»Ich denke nach. Was dagegen?«, motzte Isabell.

Hoffentlich bohrte Jette jetzt nicht weiter, sondern kam einfach nach oben. Sie schien genauso zu denken, ich hörte Schritte auf der Leiter. Kurz darauf tauchte ihr Kopf in der Bodenöffnung auf, dann die komplette Jette.

Ich zeigte nach unten, formte mit den Lippen den Namen Isabell und machte ein fragendes Gesicht. Jette verdrehte die Augen und flüsterte: »Keine Ahnung, was sie hat. Sie heult.«

Ich zog sie neben mich und erzählte leise, was ich beobachtet hatte.

Jette nickte. »Das erklärt einiges.«

Ich wartete, dass sie es mir erklärte. »Isabell hat sich doch in Justin verguckt.«

Das hatte ich auch mitbekommen. Allerdings hatte ich gedacht, dass sie immer noch auf Antwort von diesem Finn wartete.

»Ich glaube, sie hat sich gedacht, besser den Spatz in der Hand als die Taube auf dem Dach«, sagte Jette. »Justin ist hier und sehr nett. Finn ist weit weg und vielleicht gar nicht interessiert. Also hat sie es probiert. Aber erfolgreich war es wohl nicht.«

Unten fiel die Tür zu. Ich sah Isabell mit hoch erhobenem Kopf aufs Haus zusteuern.

Jetzt mussten wir nicht mehr flüstern. Ich packte

Jette am Arm. »Und was, wenn ich auch nicht erfolgreich bin?«

Sie zuckte mit den Achseln. »Es gibt keine Garantie.«

Toll. Aber wissen wollte ich es ja schon.

»Lass uns noch mal alles sammeln, was wir wissen«, schlug Jette vor. Sie hob eine Hand und zählte an den Fingern auf: »Er ist nett zu allen hier. Aber es scheint, als wäre er zu dir noch etwas netter. Er macht dir Komplimente. Er interessiert sich für dein Huhn. Außer dir wollte er noch niemanden wiederbeleben. Er wollte unbedingt mit dir zum Brötchenholen fahren.« Sie wedelte mit der Hand durch die Luft. »Noch was?«

»Gänseblümchen!«, rief ich.

»Klar.« Jette hob den sechsten Finger. »Er hat sich deine Lieblingsblumen gemerkt. Und er war immer in der Nähe, wenn die Sträuße abgelegt wurden.«

Das klang doch gar nicht schlecht, fand ich. Eins war ganz klar: Er interessierte sich für mich. Vielleicht, weil er mich mochte, vielleicht, weil ihn Verrückte faszinierten. Wie konnte ich das herausfinden?

»Ich habe mit Florian gesprochen«, sagte Jette. »Ganz unauffällig, natürlich. Er meint, dass Justin keine Freundin hat. Zumindest spricht er nie von einer. Ich versuche heute noch, Ben auszuhorchen, der müsste ja mehr wissen.«

»Sehr gut. Und ich halte die Augen offen, ob ich

Justin beim Blumendeponieren erwische. Und bei der Party …« Ich schluckte. Schon bei dem Gedanken fuhren die Schmetterlinge im Bauch Achterbahn.

»Du schaffst das.« Jette klopfte mir auf die Schulter. »Und immerhin weißt du jetzt schon mal, dass Isabell keine Konkurrenz ist.«

Trotzdem tat sie mir irgendwie leid. Sie hatte bestimmt auch allen Mut zusammengekratzt, um mit Justin zu sprechen, und dann war sie so abgeblitzt.

19

Ich sah es sofort, als ich ins Haus trat. Im Esszimmer lag etwas auf meinem Platz. Ein kleiner Strauß weißer Blumen.

»Waren die schon da, als du zur Scheune gekommen bist?«, fragte ich Jette.

Sie runzelte die Stirn. »Kann ich dir nicht sagen, tut mir leid. Ich habe an das Gespräch mit Sonja gedacht, als ich zur Tür gegangen bin.«

Ach ja, die Geheimunterredung. »Was wollte sie eigentlich?«

»Ein paar Fragen ans Orakel stellen«, sagte Jette. »Aber mehr darf ich nicht verraten.«

»Schon klar.« Ich nahm meinen Blumenstrauß und ging in die Küche, um einen kleinen Becher als Vase zu besorgen.

Imke wog gerade Mehl ab.

»Oh, was für ein hübscher Strauß!«

Ich nickte. »Ich weiß nur nicht, von wem er ist. Jemand muss ihn nach dem Frühstück auf meinen Platz gelegt haben.«

»Wie romantisch! Ein heimlicher Verehrer!« Imke klatschte in die Hände, dass das Mehl nur so staubte.

»Ich wüsste aber gerne, wer er ist. Wer hatte denn heute Abräumdienst?«

»Lass mich überlegen ... Flo und Justin.«

Aha. Na, so ein Zufall. »Danke!« Ich war schon an der Tür, als Imke mich rief: »Ann? Hast du vielleicht Zeit und kannst mir helfen?«

»Sicher.«

Drei Stunden später hatte ich Pizza gebacken, Gemüse geschnitten und auf Spießchen gepikst, Teig für Stockbrot geknetet und mit Imke zwei riesige Schüsseln Salat vorbereitet, von denen eine beim Mittagessen gleich wieder vertilgt worden war.

»Vielen Dank! Ohne dich hätte ich das nie geschafft.« Imke zog ihre Schürze aus und schaute auf die Uhr. »Wir haben noch Zeit. Ruh dich aus oder fang an, dich schick zu machen.« Sie grinste mich an. »Ihr Mädels steht doch sicher Schlange vor dem Spiegel.«

Weiter als bis zur Dusche hatte ich noch gar nicht gedacht. Ich war von Kopf bis Fuß voll mit Mehl. Aber natürlich wollte ich nachher gut aussehen! Um das zu erreichen, brauchte ich Zeit – und die Hilfe von Jette. Ich hängte meine Schürze an den Haken neben der Spüle und ging zur Tür. Imke stapelte Kisten und Schüsseln auf dem Tisch.

Ich blieb stehen. »Brauchst du mich noch?«

Imke wuchtete den Eimer mit Kartoffelsalat neben die Pizzableche. »Danke, Ann, jetzt nicht. Aber gerne nachher, wenn der ganze Kram zum Hänger geschleppt werden muss.«

Hänger? Ich hatte gedacht, die Party würde hier auf dem Hof steigen. »Wo feiern wir denn?««

»Am Strand«, sagte Imke und kramte aus einem Schrank unter der Spüle mehrere Fackeln und Laternen hervor.

Ein Strandfest! Wenn das nicht romantisch war! Besser konnte es doch eigentlich nicht kommen.

Ich sauste nach oben. Vor der Badezone hockte Monja mit einem Blatt Papier auf dem Boden. »Willst du auch rein? Du stehst gar nicht auf der Liste.«

»Du willst jetzt nicht sagen, dass es eine Warteliste fürs Bad gibt?«, fragte ich und guckte auf das Papier, auf dem tatsächlich alle Namen der Mädchen standen. »Ich hab stundenlang in der Küche geschuftet, um euer Essen vorzubereiten und muss jetzt dringend unter die Dusche.«

Ein Blick auf mein mehlverschmiertes Gesicht schien

Monja zu überzeugen. »Hmm. Na gut. Jetzt sind Isabell, Sonja und Hannah drin. Du kannst dann zusammen mit Jette und mir rein.«

»Okay.« Ich öffnete die Tür zum Muschelherz und stand bis über die Knöchel in Kleidern. Isabell hatte den kompletten Inhalt ihres Schranks auf dem Boden verteilt, auch auf Jettes und Sonjas Betten türmten sich die Klamotten.

»Gut, dass du da bist!« Jette hielt ein türkisfarbenes und ein schwarzes Top hoch. »Welches soll ich anziehen?«

»Warum nicht beide? Türkis über schwarz. Sieht bestimmt gut aus«, sagte ich. Zum Glück hatte ich mir gestern schon überlegt, was ich anziehen wollte. Ich kramte eine schwarze Hose und ein pinkfarbenes T-Shirt aus dem Schrank. »Kannst du mir nachher die Haare machen, bitte?«

»Klar!« Jette legte ihre Oberteile zur Seite und wühlte Bürste, Kamm, Lockenstab, Glätteisen, Spangen und Haargummis unter dem Kleiderstapel auf dem Bett hervor. »Wenn du mir dann auch mit meiner Frisur hilfst.«

Als Imke uns später rief, steckte Jette noch eine Spange mit einem Gänseblümchen in meine Haare, die glatt und glänzend über meine Schultern fielen. Sie trat einen Schritt zurück und betrachtete ihr Werk. »Wunderbar!«

Wir drängten uns an Isabell und Sonja vorbei, die mindestens zum zwanzigsten Mal ihre Kleider wechselten, und liefen auf den Hof. Keno und Björn luden gerade einen Tapeziertisch auf den Hänger, die ganzen Köstlichkeiten aus der Küche standen aufgestapelt an der Mauer.

Jette und ich schleppten Schüsseln und Kisten, und schließlich fanden sich auch die anderen nacheinander am Hänger ein und halfen, alles zu verstauen. Alle hatten sich besonders schön angezogen. Justin trug ein blaues T-Shirt, das genau die Farbe seiner Augen hatte, ich musste immer wieder hingucken, hoffentlich unauffällig. Aber Florian sah in dem weißen Shirt zur schwarzen Jeans auch klasse aus. Sonja war zu beneiden. Allerdings war sie so ins Gespräch mit Isabell vertieft, dass sie ihn keines Blickes würdigte. Na ja, für sie war das ja auch ein vertrauter Anblick.

Clara brachte einen Stapel langer Äste. »Für die Stockbrote.«

»Die müssen wir aber noch spitz schnitzen«, sagte Florian und lief ins Haus, um sein Taschenmesser zu holen.

Zum zehnten Mal kontrollierte Imke, ob wir alles eingepackt hatten. »Wo sind die Teller?«

»Hier in der Ecke«, meldete Sonja.

»Becher?«

»Bei mir«, sagte Jette.

Als Imke sicher war, dass nichts vergessen worden war, schloss sie die Klappe und kletterte zu Björn auf den Traktor.

Kaum hatte Björn den knatternden Motor angelassen und war vom Hof geholpert, hielt er schon wieder an.

»So schnell? Das hätten wir am Sonntag auch so machen sollen«, sagte ich.

»Du altes Faultier! Ich fand die Radtour gut«, protestierte Jette und sah mich entrüstet an.

»Ich ja auch«, beruhigte ich sie und sprang in den Sand.

Es war nicht viel los am Strand. Wir legten Decken aus, Björn schleppte mit Keno ein altes Fass herbei, in dem er später Feuer machen wollte. Clara baute den Klapptisch auf und wir stellten alle Essenssachen ab. Keno brachte einen CD-Player und legte eine CD ein. »Die Disco ist eröffnet!«

Aber niemand tanzte.

»Komm, wir sammeln Muscheln!« Jette nahm mich an der Hand und zog mich zum Wasser. Isabell trottete hinter uns her.

Heute war ein guter Muscheltag. Ich fand gleich eine große Herzmuschel. »Das ist ein gutes Zeichen«, befand Jette.

Ich steckte die Muschel in die Hosentasche und hoffte, dass sie tatsächlich ein Glücksbringer war.

Ein Stück weiter suchten Florian, Sonja und Monja Muscheln.

»Was ist denn los?«, wunderte ich mich. »Sonja lässt zu, dass Monja so dicht neben Florian läuft? Ist sie krank?«

Jette zuckte mit den Schultern. »Ich glaube, sie hat eingesehen, dass es nichts bringt, ihn einzuengen.«

Jette hatte eine Stofftasche dabei und wir sammelten, bis sie prallvoll war.

»Sehr hübsch, damit werde ich mein Zimmer verschönern«, sagte sie. »Vielleicht sollte ich auch ein bisschen Sand mitnehmen?«

Ich lachte. »Meine Eltern würden sich bedanken, wenn ich absichtlich Sand in die Wohnung schleppen würde. Ihnen reicht schon der, den meine Schwester vom Spielplatz mitbringt.«

»Wie praktisch. Leider habe ich keine sandtransportierende Schwester.« Jette füllte noch zwei Schaufeln Sand in ihren Beutel. »So, jetzt ist es perfekt.«

»Nein, noch nicht perfekt«, widersprach ich. »Dir fehlen noch Wattwürmer.«

»Iiigitt!«, kreischte Jette. »Nee, an meinen Hausstrand kommen keine Würmer, egal ob Watt- oder sonst was.«

Leise Musik drang von unserem Lagerplatz bis zu uns und mischte sich mit dem Rauschen der Wellen.

»Ist das schön!«, flüsterte Isabell. »Am liebsten würde ich länger bleiben, mindestens noch mal eine Woche.«

»Ich auch«, seufzte Jette. »Die Zeit ist so schnell vergangen.«

»Und es ist so viel passiert«, fügte ich hinzu.

»Wisst ihr was?« Jette strahlte uns an. »Ich habe eine großartige Idee! Wir verabreden uns einfach für eine Woche nächstes Jahr in den Sommerferien! Dann kommen wir alle gleichzeitig wieder her!«

Das hörte sich sehr verlockend an.

»Kommt, ich will es den anderen auch erzählen!« Jette stürmte durch den Sand.

Im Lager kam sie erst mal nicht zum Reden, Keno drückte jedem von uns einen Teller in die Hand und schickte uns zum Buffet.

Es gab unglaublich viel zu essen. Wann hatte Imke das alles vorbereitet? Es war viel mehr, als wir heute gekocht hatten. Weil ich mich nicht entscheiden konnte, häufte ich von jeder Speise etwas auf meinen Teller.

»Lass ein bisschen Platz im Bauch, es gibt noch Stockbrot.« Justin stand hinter mir und sein Teller war ähnlich voll wie meiner.

»Ich weiß. Ich habe ja den Teig geknetet.«

»Gut zu wissen. Dann probiere ich das nachher auf jeden Fall.« Er setzte sich in meine Nähe. Isabell kam auch zu uns. Das war Justin sichtlich unangenehm, er rutschte ein Stück in meine Richtung, dann wieder weg, wieder zu mir. Dann stand er auf. »Ich esse mit Ben. Aber, Ann, magst du nachher tanzen?«

Ich nickte energisch mit vollem Mund. Er hatte zwar nicht »mit mir« gesagt, aber sicherlich meinte er das. Mein Herz schlug im Galopp.

Ich schlang mein Essen runter, ohne groß darauf zu achten, was ich mir in den Mund schob.

»Schmecken die Chicken Wings?« Jette deutete auf zwei abgenagte Knochen auf meinem Teller. Nanu? Ich konnte mich nicht erinnern, so was gegessen zu haben, aber wenn die Knochen da lagen, musste es wohl so sein. »War gut«, sagte ich. Zumindest war ich sicher, dass bis jetzt alles geschmeckt hatte.

Clara hatte sich Keno zum Tanzen geholt, Sonja tanzte alleine. Ich stellte meinen Teller weg, holte tief Luft und marschierte los. Direkt auf Justin zu und hielt ihm die Hand hin. »Darf ich bitten?«

Er lachte und erhob sich mit einer lustigen kleinen Verbeugung. »Sehr gerne.«

20

Leider lief gerade kein langsames Lied, also tanzten wir jeder für sich. Er machte das gut. Vielleicht nicht so toll wie die Boygroups im Fernsehen, aber hundertmal besser als Ben, der wie ein Teddybär mit zwei linken Füßen durch den Sand tappte. Nach zwei flotten Stücken kam endlich ein langsames Lied. Keno legte die Arme um Clara. Sonja sah sich kurz um und forderte dann Ben auf. Wieso tanzte sie denn nicht mit Florian? Wo war der überhaupt? Auf den Decken sah ich ihn nicht. Und bevor ich mich weiter umgucken konnte, kam Justin auf mich zu und nahm mich in die Arme.

Ich merkte, wie sich ein blödsinniges Honigkuchenpferdgrinsen auf meinem Gesicht breitmachte und konnte nichts dagegen tun. Meine Arme und mein Rücken kribbelten wie verrückt, wo seine Hände lagen, und mein Herz schlug deutlich schneller als der Takt der Musik.

Wie hypnotisiert schaute ich in Justins Gesicht, in die Augen, so unverschämt blau, die weich in die Stirn fallenden Haare, das immer leicht spöttische Lächeln mit dem Grübchen in der rechten Wange. Er sah über meine Schulter zum Meer.

Wir tanzten an Clara und Keno vorbei. Clara kuschelte sich an Keno und hatte den Kopf an seine Schulter gelegt. Das sah gut aus, so wollte ich auch tanzen!

Ich rückte ein Stück näher an Justin, fühlte die Wärme seines Körpers und lehnte den Kopf an seine Schulter. Apfelshampoo, konnte ich gerade noch denken, dann rutschte mein Kopf ab und Justin schob mich von sich. Nicht viel, aber weit genug, damit ich den Duft nicht mehr in der Nase hatte und den Kopf nicht wieder ablegen konnte. Ich probierte es noch einmal, mit noch weniger Erfolg, ich kam mit dem Kopf nicht mal bis zu seiner Schulter, er hielt mich eisern auf Abstand.

Kurzzeitig hatte ich überlegt, auf meine Frage zu verzichten, es war ja alles so eindeutig gewesen, die Einladung zum Tanzen, unser enger Tanz. Das Wegschieben passte da jetzt nicht so wirklich. Also starrte ich ihm so lange in die Augen, bis er mich endlich auch mal ansah. Den Moment nutzte ich.

»Darf ich dich was fragen?«

Er hob eine Augenbraue. Total cool sah das aus. Ich

hatte nur das dumpfe Gefühl, dass ich diesen süßen Tick nie wieder aus nächster Nähe sehen würde.

Nur Mut, Ann!

»Also, ich wollte fragen … magst du mich eigentlich?«

»Was ist das denn für eine Frage? Natürlich mag ich dich, sonst würden wir nicht zusammen tanzen. Ich mag alle auf dem Karolinenhof.«

So hatte ich das ja nicht gemeint! »Und du magst mich nicht irgendwie … mehr?« Was war der schwer von Begriff! Oder er wollte nicht verstehen, was ich meinte.

Justin seufzte. »Doch, ich mag dich sehr. Du bist witzig, interessant, ein bisschen verrückt – ein tolles Mädchen.«

In meinem Bauch breitete sich ein wohlig-warmes Gefühl aus, als hätte ich gerade drei Tafeln Schokolade verputzt.

»Aber wenn du wissen möchtest, ob ich in dich verliebt bin: leider nein.«

Von wohlig-warm zu eiskalt in drei Sekunden.

»Und warum tust du dann so?« Komischerweise klang meine Stimme ganz normal, obwohl ich innen drin schockgefroren war. Eigentlich hätten die Worte klirren müssen wie Eiswürfel, die aneinanderstießen.

»Ich tu doch nicht so!«, protestierte er.

Wir hatten aufgehört zu tanzen und standen uns gegenüber wie zwei Boxer im Ring.

»Doch.« Ich nickte. »Das machst du. Du bist viel zu nett. Du machst Komplimente. Verschenkst Blumensträuße. Du bist einfach ... viel zu gut, um nicht verliebt zu sein.« Jetzt zitterte die Stimme doch ein bisschen. Ich schluckte.

Er sah mich nachdenklich an. Lange. Dann wollte er etwas sagen. Setzte mehrmals an. »Ach, Mist!«

Das war alles, was ihm dazu einfiel? Ich holte tief Luft, um ihm so richtig die Meinung zu sagen, da sprach er doch weiter: »Das wollte ich nicht! Ehrlich! Ich hatte mir das wohl alles zu einfach vorgestellt.«

»Was hast du dir vorgestellt?«

»Na ja ...« Mit einer hilflosen Handbewegung deutete er um sich. »Alles hier!«

»Und was sollte daran einfach sein?« Was wollte er mir mit diesem Herumgestottere sagen?

»Wollen wir uns setzen?« Er sah mich an. »Bitte. Vielleicht krieg ich es dann so hin, dass du es verstehen kannst.«

»Von mir aus ...« Wir nahmen eine der Decken und setzten uns abseits der Gruppe hin.

»Am besten fange ich ganz vorne an.« Er guckte eine Weile nachdenklich in den allmählich dunkler werdenden Himmel, den die Abendsonne in goldenes Licht tauchte, als gäbe es dort eine Anleitung für schwierige Gespräche. »Also. Ich habe eine Freundin. Sie heißt Anna. Fast wie du.« Er lächelte. »Eigentlich wollten wir zusammen in Urlaub fahren – wie du mit deiner besten Freundin. Wir hatten hier schon gebucht. Nur hat Anna sich vor zwei Wochen entschieden, doch mit ihren Eltern Ferien zu machen. Erst wollte ich auch nicht herkommen, aber dann habe ich Ben gefragt, ob er mit möchte. Als ich gehört habe, dass es hier auch viele Mädchen gibt, habe ich mir vorgenommen, zu allen gleich nett und hilfsbereit sein, zu niemandem engeren Kontakt zu schließen.«

Er vergrub den Kopf in den Händen. »Wie man es macht, ist es falsch! Wenn ich unfreundlich gewesen wäre, hätten sich alle beschwert, und jetzt gibt es auch nur Probleme. Dass sich auf diese Weise jemand verlieben könnte, darauf bin ich im Traum nicht gekommen. Und jetzt haben wir den Salat.«

»Allerdings.« Ich nickte. »Einen Riesensalat. Und was machen wir jetzt?«

»Wir? Wieso denn wir?« Er sah mich mit einem verzweifelten Blick an.

»Vielleicht kann ich dir ein bisschen helfen. Weil du eben immer so nett warst. Aber machen musst du allein.«

Er seufzte. »Gut. Womit soll ich anfangen?«

»Du solltest das alles auch Isabell erklären. Oder hast du das schon?«

»Nein. Ich hab ihr nur gesagt, dass ich nicht in sie verliebt bin. Was noch?«

»Und das nächste Mal, wenn du ohne Freundin in Urlaub fährst, erzählst du gleich am ersten Abend, dass du vergeben bist – oder du bist nicht so verdammt nett.« Mehr wusste ich gerade nicht.

»Das lässt sich auch machen. Danke.«

»Bitte.« Ich stand auf. Da fiel mir doch noch etwas ein. Ich drehte mich zu ihm um. »Und ganz wichtig: Verschenk nicht dauernd Blumensträußchen an ein Mädchen! Ich fand es toll, dass du dich an meine Lieblingsblume erinnert hast. Aber warum du mir ständig Sträuße geschenkt hast, verstehe ich jetzt gar nicht mehr.«

»Ich habe keine …« Er schüttelte den Kopf. Dann ging ein Strahlen über sein Gesicht. »Ann, das war ich nicht! Du musst mir glauben! Aber ich weiß, wer es gewesen ist …«

Ich hob die Hand. »Das möchte ich gar nicht hören.«

21

Ich ließ ihn sitzen und stolperte den Strand entlang. War das zu glauben? Da hatte ich mich tatsächlich so dämlich angestellt wie Maras Schwester. Oder sogar schlimmer! Zu tief in die Augen geschaut, Gehirn ausgeknipst. Und dann sagte er auch noch, das mit den Blumen wäre er gar nicht gewesen! Ja, aber wer dann? Und vor allem: warum? Ich musste ja völlig blind sein, wenn ich so was nicht bemerkt hatte. Vielleicht hätte ich Justin doch zuhören sollen. Aber deswegen jetzt umkehren? Ich hatte keine Lust mehr auf blaue Augen und lief weiter. Unser Lagerplatz sah von hier aus wie eine Ansammlung bunter Flecken aus, um die schwarze Punkte herumwuselten.

Der Wind spielte mit meinen Haaren und schien auch meinen Zorn fortzuwehen. Da hatte ich mich ganz schön zum Trottel gemacht! Aber ganz so schlimm fand ich die Sache jetzt schon nicht mehr. Toll war es nicht – aber es gab Schlimmeres. Als ich daran dachte, wie Justin sich angestrengt hatte, nur nett zu sein und dabei ein Mädchenherz nach dem anderen eroberte, musste ich grinsen. Und überlegte, ob es irgendetwas geändert hätte, wenn Justin gleich von seiner Freundin erzählt hätte. Wäre ich dann immun gegen seine Nettigkeit und die Blicke der blauen Augen gewesen? Hätte ich mich nur um Hühner gekümmert, nicht um Jungs? Oder hätte ich mich in einen anderen verguckt?

Kurz sah ich Florian vor meinem inneren Auge aufblitzen. Na, das hätte gerade noch gefehlt! Als ob ich versuchen würde, einer Freundin den Freund auszuspannen. Ich schüttelte den Kopf

Unter meinen Füßen knackste es. Beim nächsten Schritt wieder. Ich hielt an und schaute auf den Boden. Ich stand mitten in einem großen Herz aus weißen Muscheln!

Wie wunderschön! War hier jemand frisch verliebt oder auch liebeskummergeplagt?

Ich betrachtete dieses Kunstwerk genauer. Da, mitten drin, war ... Nein! Das konnte nicht sein. Ich blinzelte. Noch einmal. Und noch mal. Ich wollte meinen Augen nicht trauen. Aber er stand immer noch da. Mein Name. Ein Schriftzug aus weißen Muscheln, mitten in dem Muschelherz.

ANN.

Wie viele Leute an diesem Strand hießen wohl so?

»Hallo!«

Wo kam diese Stimme jetzt her? Ich drehte mich um. Da, neben dem Herz, saß jemand im Sand. Ein ziemlich unglücklicher Jemand.

»Florian? Ist was passiert?« Ich kniete mich neben ihn. Was war heute nur los? Warum waren alle unglücklich? Musste das so sein am Abschiedsabend?

Er zuckte mit den Schultern.

»Hast du dich mit Sonja gestritten?«, bohrte ich weiter.

Wieder hob er die Schultern.

»Wieso weißt du das nicht?«

»Weil wir uns nicht gestritten haben. Nicht richtig, jedenfalls. Also, für mich war es kein Streit.«

Der redete ja genauso wirr wie Justin. »Kannst du mir das erklären?«

»Ungern.« Er sah zu dem Muschelherz hinüber. In meinem Bauch begann einer der eisgekühlten Schmetterlinge vorsichtig die Flügel zu bewegen.

»Aber jetzt hast du es ja eh gesehen und hältst mich für total bescheuert.« Er sah mich unsicher an.

»Warst du … hast du mir die Gänseblümchen geschenkt?«, flüsterte ich.

Er guckte noch ein wenig unglücklicher. Und nickte.

»Aber warum?«, brach es aus mir heraus. »Du bist mit deiner Freundin hier!«

Er schlug sich die Hand an die Stirn. »Nein! So ist es gar nicht.«

»Sondern?«

»Sonja hat euch doch bestimmt erzählt, dass unsere Mütter befreundet sind und wir schon als Babys zusammen gespielt haben. Das stimmt auch. Weil unsere Mütter sich oft verabreden, sehen wir uns auch häufig. Wir gehen in dieselbe Klasse, besuchen dieselbe Musikschule und gehen gemeinsam zum Reiten. Wir kennen uns in- und auswendig, jeder weiß, was der andere denkt. Beste Freunde vielleicht, aber sie ist fast wie meine Schwester. Wir sind wie Zwillinge! Aber kein Paar! Ich war nie verliebt in Sonja und ich bin es nicht. Ich bin mir ziemlich sicher, dass sie genausowenig in mich verliebt ist, aber sie findet es cool, wenn alle denken, sie hätte einen Freund. Und bisher sprach auch nichts dagegen, dieses Spielchen mitzumachen. Bis …« Er verstummte.

»Bis?«, versuchte ich, ihm weiterzuhelfen. Mein Bauch kribbelte jetzt.

»Bis ich mich in dich verliebt habe«, murmelte er.

In meinen Ohren rauschte es. Konnte das sein? Erst erklärte mir der Junge, in den ich verliebt zu sein glaubte, dass er eine Freundin hatte, und keine fünf Minuten später erzählte mir der Junge, den ich unheimlich nett fand, von dem aber jeder dachte, er wäre vergeben, dass er mich mochte. Ich kam mir vor wie in einem Kinofilm – und ich war mir nicht sicher, ob ich den Film mochte. Er ließ mich irgendwie doof aussehen.

Ich ließ Sand durch meine Finger rieseln und schielte zu Florian, der Muscheln zu einem Turm stapelte.

»Und was jetzt?«, fragte ich leise.

»Ich habe Sonja gesagt, dass ich nicht mehr ihren Freund spielen möchte. Also, ein Freund sein, schon, aber nicht mehr diese Besitzansprüche. Es hat etwas gedauert, aber dann hat sie es verstanden.«

»Und was ist mit … uns?« Ich brachte die Frage kaum über die Lippen.

Er rückte näher und suchte meinen Blick. »Was … was denkst du denn über die Sache?«

»Schwierig«, sagte ich. »Ich mochte dich von Anfang an, aber ich dachte ja die ganze Zeit, dass du nicht frei bist. Dass das in Wirklichkeit ganz anders ist, muss ich erst mal auf die Reihe kriegen.«

»Ich dachte, du magst Justin?« Es war eine Frage.

Ich nickte. »Ja, ich mag ihn. Aber nicht so, wie du denkst. Nicht so, wie ich eigentlich dachte. Ich glaube, ich habe ihn angehimmelt, weil ich ihn gar nicht richtig kannte. Dich würde ich gerne besser kennenlernen.«

Er nickte langsam. »Das klingt gut.«

Ich hob den Kopf. »Hast du auch was gehört? Die anderen rufen nach uns.«

Wir standen auf. Bevor wir gingen, machte ich noch ein Foto von meinem Muschelherz.

»Danke«, sagte ich.

»Wofür?«, fragte er.

»Für die ganzen Gänseblümchen. Und für das Herz. Für alles, schätze ich.« Ich sah ihn an. Das Honigkuchenpferdgrinsen war wieder da. Und als Florians Finger meine streiften und schließlich nach meiner Hand griffen, hoben auch die Schmetterlinge im Bauch wieder ab. Ich nahm seine Hand und hielt sie fest.

22

Am nächsten Morgen war ich vorm Weckerklingeln wach. Ich hüpfte aus dem Bett, zog mich an und stopfte den Schlafanzug und den Wecker in den Koffer.

Jette rekelte sich. »Gehst du helfen?«

Ich nickte. Ich musste noch einmal zu Gretel. Wenn ich gestern auf sie gehört hätte, wäre mir einiges erspart geblieben. Sie hatte mir ja deutlich gezeigt, dass ich nach dem Falschen guckte.

Jette stand auch auf. »Ich muss nur kurz ins Bad. Aber ich komme auch mit.«

»Ich warte unten.«

Im Haus war es ganz still. Wahrscheinlich schliefen nach der Party gestern Abend alle aus.

Imke und Björn waren schon auf. Zumindest standen Ping und Pong vorm Stall und aus dem Kuhstall war Klappern zu hören. Ich wartete auf Jette, dann gingen wir gemeinsam zum Hühnerstall. Hänsel veranstaltete seine allmorgendliche Show, aber Gretel war deutlich zurückhaltender als sonst. Sie trippelte zuallerletzt aus dem Häuschen und sah mich prüfend an. Wenigstens durfte ich ihr heute wieder den Kopf kraulen.

»Du hattest völlig recht. Ich war auf dem Holzweg. Aber jetzt weiß ich, wohin mein Weg führt«, erzählte ich ihr. Sie sah mich immer noch schräg an, dann flatterte sie mit den Flügeln, trippelte kurz auf der Stelle – und schwang sich auf meine Schulter. Sekunden später bekam ich einen Hühnerkuss auf die Wange.

Ich grinste. »Hast du schon mal ein Singhuhn gehört?«, fragte ich Jette.

»Ein was?«

»Ein Singhuhn. Pass auf!«

Ich summte los und Gretel stimmte ein. Während Jette mit offenem Mund unserem Konzert lauschte, kribbelte in meinem Bauch die Freude. Alles war in Ordnung. Und Gretel musizierte wieder mit mir.

Wir kamen spät zum Frühstück.

Vor der Tür zum Esszimmer blieb ich stehen.

»Los jetzt! Nur Mut!« Jette gab mir einen Schubs, der mich bis kurz vor unseren Tisch katapultierte.

Ben, Justin, Sonja und Florian guckten hoch.

»Morgen«, murmelte ich und rutschte auf meinen Stuhl. Mann, war das peinlich! Wär ich mal lieber im

Hühnerstall geblieben. Ein bisschen Hunger war nichts gegen die Blicke, die sich in mich zu bohren schienen.

»Habt ihr schon gepackt?«, lenkte Jette ab.

»Natürlich!« Sonja.

»Fast.« Ben.

»Nicht so richtig.« Florian.

»Nö.« Justin.

»Ich habe das Gefühl, meine Sachen sind in der letzten Woche gewachsen. Keine Ahnung. Irgendwie passt das alles nicht mehr in den Koffer.« Jette seufzte.

»Das ist der Schmutz«, erklärte Ben. »Dadurch ist alles schwerer. Schafmist, Sand ... was weiß ich.«

Weil alle sich den Kopf über Jettes Packproblem zerbrachen, traute ich mich, zu Florian zu schauen, der mich quer über den Tisch ansah. Der Blick setzte den Herzschlagbeschleuniger wieder in Gang und ließ die Schmetterlinge im Bauch frei. Eigentlich hatte ich gar keinen Hunger. Trotzdem nahm ich mir ein Brötchen und schob es dann auf dem Teller hin und her.

»Alles in Ordnung?«, fragte Justin.

Ich zuckte zusammen. »Ja. Ja, alles bestens.«

»Ich möchte mich noch mal entschuldigen«, sagte er leise. »Ich wollte niemandem wehtun ...«

»Schwamm drüber«, unterbrach ich ihn. »Du warst zu nett und ich zu naiv. Ist okay.« Ich streckte ihm die Hand hin. »Freunde?«

Vorsichtig griff er nach meiner Hand und ließ mich dabei nicht aus den Augen, als hätte er Angst, dass ich gleich die Hand wegziehen und sie ihm mit Schmackes in den Magen donnern würde.

Als ich das nicht tat, breitete sich das Justin-Lächeln auf seinem Gesicht aus. »Ich bin echt froh, Ann. Ich habe heute Nacht schlecht geschlafen, weil ich immer wieder überlegen musste, was ich falsch gemacht habe.«

Ich zuckte mit den Schultern. »Falsch gemacht? Ich glaube, da war nichts total verkehrt. Aber vieles ein bisschen falsch.«

Ich fühlte mich sehr erleichtert und Justin schien es genauso zu gehen.

Wir wollten uns gerade unseren Tellern zuwenden, da verfinsterte sich Justins Gesicht. Isabell betrat den Frühstücksraum.

»Guten Morgen!«

»Moin«, nuschelte ich zurück. Dann fiel mir schlagartig ein, dass ich ja gar nicht mehr sauer auf sie sein musste. Wenn sie Justin gut fand, so war das ihr und Justins Problem. Ich musste mich nicht darum kümmern. Aber ich konnte meine Freunde behalten.

Ein Blick zu Florian, ein Blinzeln, Schmetterlinge im Bauch. Sonja merkte es natürlich, bemühte sich aber, so zu tun, als würde es ihr gar nicht auffallen.

»Machst du gleich noch eine Abschiedsrunde auf dem Hof mit uns?«, fragte ich Isabell.

»Okay …« Sie guckte zu Justin und schnell wieder weg.

»Ich denke nicht, dass er mitkommt. Er muss noch packen«, informierte ich sie flüsternd. Sie entspannte sich sichtlich.

Wir rannten hoch in die Zimmer, putzten in Rekordzeit Zähne und verstauten die letzten Sachen im Gepäck. Ich half Jette. Aber auch, als wir uns zu zweit auf den Deckel setzten, wollte der Koffer nicht zugehen.

»Ich frage Imke jetzt, ob sie mir ganz viele Tüten für mein Zeug geben kann!« Sie wollte gerade aufstehen, da warf sich noch jemand auf den Koffer und der Deckel schnappte zu.

»Cool! Danke, Isabell!« Jette stellte das Zahlenschloss ein.

»Mädels!« Imke, Staubwedel in der einen, Putzeimer in der anderen Hand, guckte ins Zimmer. »Wie schaut's aus? Kann ich rein?«

»Ja, gleich!«

Sonja wuchtete ihren Rucksack auf den Rücken und klemmte sich die Reitstiefel unter den Arm. Isabell folgte mit ihrem Koffer. Jette und ich sahen uns an.

»Kannst du glauben, dass die Woche schon um ist?«

Ich schüttelte den Kopf. »Ich will es gar nicht wahrhaben.«

»Ich auch nicht. Vielleicht kommen wir ja wirklich alle nächstes Jahr wieder?«

»Das wäre schön.«

Jette kramte einen Zettel aus ihrer Hosentasche und streckte ihn mir hin. »Hier. Meine Adresse, Telefonnummer und so'n Kram.«

»Danke!« Rasch suchte ich Block und Stift in meiner Tasche und schrieb ihr meine Adresse auf. »Ich schreibe dir auf jeden Fall.«

»Ich dir auch.« Sie lächelte. »Und falls du Hilfe brauchst – das Kaugummi-Orakel steht dir jederzeit zur Verfügung.«

Ich steckte Jettes Zettel in meine Tasche und zog den Koffer vom Bett. Die Gänseblümchenschachtel klemmte ich mir unter den Arm. An der Tür blieb ich kurz stehen. »Tschüss, Muschelherz!«

23

Auf dem Hof ging es drunter und drüber. Die ersten Eltern waren schon da und suchten ihre Kinder, die noch packen oder sich ganz dringend verabschieden mussten oder einfach nicht auffindbar waren. Wir schlenderten zum Hühnerstall, wo Florian und Sonja schon am Zaun lehnten.

»Hast du Gretel eingepackt?«, fragte Sonja.

»Quatsch!«, protestierte ich. Dran gedacht hatte ich, aber dann hatte die Vernunft gesiegt. In unserer Wohnung konnte Gretel niemals glücklich sein. Aber wo war sie jetzt? Keine Gretel-Feder in Sicht.

»Vielleicht im Haus?«

Sonja schnitt eine Grimasse. »Da haben wir eben geschaut. Florian ist fast schon so verrückt nach diesem Huhn wie du.«

Wo war Gretel? Ich musste mich unbedingt von ihr verabschieden!

»Ann! Ann! Wo ist Willibald?« Wie ein Meteor kam Mina über den Hof gesaust und sprang mir in die Arme. Die Begrüßung dauerte ungefähr dreieinhalb Sekunden, dann machte sie sich los und lief zur Schafweide. Mama und Papa waren nicht ganz so schnell wie Mina und noch auf halber Strecke zwischen Auto und Hühnerstall. Jetzt nahm ich Anlauf und flog ihnen in die Arme. Wie hatte ich sie vermisst! Zum Glück merkte ich das erst jetzt.

»Du hast uns gefehlt, Große!« Mama wuschelte mir durch die Haare. Schnell brachte ich meine Frisur wieder in Ordnung. »Ihr wolltet mich ja nicht mitnehmen«, jammerte ich und brach in Gelächter aus, als ich den hilfesuchenden Blick sah, den die beiden austauschten. Hatten sie tatsächlich ein bisschen ein schlechtes Gewissen? »Das war ein Spaß! Ich hatte eine tolle elternfreie Woche.«

Sollte ich ihnen Florian vorstellen? Aber der begrüßte gerade Sonjas Vater, der sie abholen kam. Nun ja, sie würden ihn früh genug kennenlernen.

Ich verabschiedete mich von Isabell, Ben und Justin.

Jette fiel mir um den Hals und drückte mich. »Ich weiß jetzt schon, dass du mir fehlen wirst«, sagte sie und zog eine kleine Tüte aus der Tasche. »Hier, nimm das mit. Für alle Fälle.«

Ich lachte. In der Tüte lagen fünf Kaugummikugeln. »Danke!«

»Zur Not befragst du das Orakel eben selbst«, erklärte sie.

»Aber wir besuchen uns doch!«, rief ich. »Dann bist du wieder mein Orakel. Du kannst das viel besser.«

»Alles eine Frage der Übung.« Sie zwinkerte. »Wie Reiten und Schwimmen … und Flirten.« Sie grinste.

»Jette!« Eine Frau, die aussah wie eine etwas ältere Schwester von Jette, stand ungeduldig neben der Fahrertür eines Autos.

»Ich muss.« Sie umarmte mich noch einmal. »Wir lesen uns. Und sehen uns.«

Ich nickte. »Danke, Jette. Für alles. Ratschläge, Spionieren, Rätsellösen … Das werde ich dir nie vergessen.«

»Diese Ferien sollte man sowieso nicht vergessen!« Sie lief zum Auto, drehte sich kurz vorm Einsteigen noch einmal um. »Die waren nämlich einmalig!«

Sie kletterte auf die Rückbank und schloss die Tür, die Frau startete den Motor. Ich winkte, bis das Auto nicht mehr zu sehen war.

»Wir wollen auch fahren«, sagte Mama. »Wo ist deine Schwester? Und musst du dich noch verabschieden?«

Ich erklärte ihr den Weg zu Willibalds Gehege, dann machte ich mich auf die Suche nach Imke. Sie stand im

Flur und hielt Sonja in den Armen, die hemmungslos schluchzte.

»Du kommst doch wieder. Du bist immer wiedergekommen«, murmelte sie und strich Sonja über den Kopf.

»Ich weiß«, schniefte die. »Aber das dauert noch so lange!«

»Ach was! Ein Jahr geht schnell vorüber.« Imke lachte. »Ich werde mich kaum umgedreht haben, schon stehst du wieder vor der Tür.«

Sie drückte Sonja noch einmal an sich, dann verschwand Florian in einer Umarmung. »Alles Gute, Flo. Bis zum nächsten Mal!«

Sonja blieb vor mir stehen. Sollte ich sie auch umarmen? Ihr die Hand schütteln? Sie schien es auch nicht zu wissen, hob schließlich die Hand und winkte ein bisschen. »Tschüss, Ann. Wir sehen uns ja sicher.«

Ich nickte. »Tschüss!«

Jetzt kam Florian. Er guckte sich nach allen Seiten um, dann drückte er mir ein Sträußchen Gänseblümchen in die Hand. Lächelnd fuhr ich mit den Fingern über die Blütenblätter. Ich hätte jetzt gern Flos Hand genommen, aber das traute ich mich nicht vor allen Leuten. Also winkte ich ihm zu.

»Den Zettel hast du?«, fragte er.

»Klar!« Florians Adresse, Handynummer, Mailadresse.

Er und auch Sonja wohnten gar nicht so weit von mir entfernt. Auf dieses Stück Papier würde ich aufpassen wie auf einen Goldschatz.

»Ich auch.« Er zeigte auf seinen Rucksack. »Ich ruf dich an, wenn ich wieder Netz habe.«

»Nein, ich rufe dich an.«

»Nein, ich dich!«

Wir starrten uns an, bis ich kichern musste.

»Entschuldigung, ich will ja nicht stören, aber ich möchte Ann noch verabschieden.« Imke zog mich in ihre Arme. »Schön, dass du hier warst! Ich hoffe, du kommst auch wieder.«

Ich nickte.

»Halt dein Glück gut fest«, sagte sie und zwinkerte mir zu. Ich spürte, wie ich rot wurde. Waren wir doch nicht so unauffällig gewesen? »Er ist wirklich ein Guter.«

»Ich weiß!«

Imke drückte mich noch einmal an sich, dann machte sie sich auf den Weg die Treppe hinauf.

»Imke!« Ich musste es einfach wissen. »Wo ist Gretel?«

Sie blieb stehen. »Sitzt die nicht im Stall?«

Ich schüttelte den Kopf.

»Merkwürdig. Aber mach dir keine Sorgen, manchmal unternimmt sie kleine Ausflüge. Einmal haben wir sie an einem Abreisetag auf einem Baum hinter dem Haus gefunden. Anscheinend wird ihr der Trubel auf dem Hof ab und an zu viel.«

»Dann kann ich mich gar nicht von ihr verabschieden«, murmelte ich.

»Macht nichts«, sagte Imke. »Sie weiß, dass ihr Freunde seid. Und dass du wiederkommen wirst.«

Na gut, wenn sie das sagte ... Ich trottete nach draußen. Sonja und Florian stiegen eben in ihr Auto und winkten. Mina schlurfte hinter Papa her und sah so unzufrieden aus wie ich mich gerade fühlte.

»Was ist?«

»Willibald war nicht auf der Weide. Nur Shaun«, jammerte sie. »Dabei hat Imke doch gesagt, dass ich heute mit ihm spielen darf.«

»Dann machst du das eben beim nächsten Mal. Vielleicht ist er bei den anderen Schafen auf der Weide.«

Ich warf einen letzten Blick in das Hühnergehege. Keine Gretel. »Auf Wiedersehen, Hänsel!« Er tat, als hätte er mich nicht gehört. Besser taub stellen als wütend anspringen. Einmal sah ich mich noch überall um, in der Hoffnung braune Federn zu entdecken. Vergeblich.

»Kommst du, Ann?« Papa hatte mein Gepäck verstaut und hielt mir die Tür auf. Ich stieg ein. »Tschüss, Karolinenhof!« Obwohl niemand mehr vorm Haus stand, winkte ich, bis wir die Auffahrt erreicht hatten. Jemand hupte.

Papa schaute in den Rückspiegel. »Wo war das? Hinter uns ist niemand.«

Wieder hupte es, lauter und länger.

»Das kommt von vorne, von der Straße. Fahr ja vorsichtig!«, mahnte Mama.

Unser Auto schlich um die Ecke, Papa bremste. Das Bild kam mir irgendwie bekannt vor.

Mitten auf der Straße stand ein Schaf. Und auf seinem Rücken thronte ein braunes Huhn.

»Nicht schon wieder!«, stöhnte Papa. »Ist dieses Tier dort festgewachsen?«

»Willibald!«, jubelte Mina und stürmte aus dem Auto. Ich folgte ihr. »Gretel!«

Sonja und Florian standen schon neben Willibald.

»Jemand muss die beiden zurückbringen«, sagte ich. Beim Klang meiner Stimme hob Gretel den Kopf und flatterte auf meine Schulter. Dort schmiegte sie ihren Kopf an meine Wange.

»Willst du?«, fragte Sonja.

»Von mir aus.«

»Ich komme mit«, sagte Florian.

»Ich auch!«, rief Mina.

»Nein, tut mir leid, du nicht«, sagte ich. »Jetzt sind wir dran.«

Ich lächelte Florian an, griff in Willibalds Wolle und zog. Im Schneckentempo setzte er sich in Bewegung.

»Ich bin gleich wieder hier«, informierte ich meine Familie. Papa fuhr an den Straßenrand, Sonjas Vater tat es ihm nach.

Florian und ich nahmen Willibald in die Mitte.

Unsere Finger trafen sich auf der weichen Wolle.

Ich schob meine Hand in seine und verflocht die Finger mit seinen. Florian lächelte mich an und die Schmetterlinge in meinem Bauch legten einen Massenstart hin. Neben meinem Ohr gackerte es leise.

»Danke, Willibald«, sagte ich und grinste Florian an. »Und danke, Gretel.«

»Die haben gewusst, dass wir noch ein bisschen Zeit für uns haben wollen.«

»Für uns? So wirklich unbeobachtet fühle ich mich nicht.« Ich guckte von Gretel zu Willibald und zurück. »Aber sicher wussten sie das. Schließlich ist Willibald ein Wegweiseschaf und Gretel das klügste Huhn der Welt.«

Patricia Schröder

Eine Ginie zum Verlieben

208 Seiten, ISBN 978-3-570-22423-6

Ginie liebt Glitzer über alles – sie kann dieses süße Pailletten-Top unmöglich zurückgeben! Doch ein Dschinn darf Dinge nicht einfach so für sich behalten. Diese Lektion soll das Flaschengeist-Mädchen Ginie endlich lernen, und deshalb wird sie auf die Erde geschickt – in einem Gurkenglas! Wie ober peinlich ... Zum Glück wird Ginie schnell aus ihrem schrecklichen Gefängnis befreit ... von ihrer nichts ahnenden neuen Herrin, der 12-jährigen Ona. Ona ist lustig, cool und eine richtig tolle Freundin. Wenn deren sehnlichster Wunsch nur nicht genau das wäre, wovon auch Ginie heimlich träumt: ein Kuss von Luca, dem süßesten Jungen unter der Sonne! Bald geht schief, was nur schief gehen kann, und Ginie sitzt so richtig in der Patsche ...

40274

cbj

www.cbj-verlag.de